사랑하기에 늦은 시간은 없다

사랑하기에 늦은 시간은 없다

최갑수 산문

ALONEBOOK

우리, 만나서 포옹을 해요

벌써 이번 생의 삼분의 이가 지나갔다. 어쩌면 그보다 훨씬 더 많이 지났을 수도 있고. 낮잠 한숨 자고 옅은 꿈 한번 꾼 것 같은데……

그동안 살며 깨닫게 된 건, '그래봐야 바뀌는 건 없다' 는 것이다. 인간은 결국엔 자기가 이해하고 싶은 대로 이해하고, 하고 싶은 대로 한다. 모든 사람에겐 말 못 할 사정이 있다는 것도 알게 됐다. 이걸 깨달았으니 영 헛산 것만은 아니다. 그래서 이해하려 하지 않고 모르는 척하려고 한다.

여기까지 온 것도 운이 좋았다. 많은 이들의 도움이 있었기 때문에 가능했다. 스물하나는 힘들었고, 서른넷은 어려웠고, 마흔일곱은 지옥 같았다. 살아오며, 우리에게 오는 불행은 그냥 오는 것이지 내가 잘못해서 오는 것이 아니라는 걸 알았다. 행운 역시 마찬가지였다. 내게 일어나야 할 일이 일어난 것뿐이었다. 내가 겪은 여름은 여름의 날씨로 왔고, 소낙비는 떨어질 자리에 정확하게 떨어졌다.

인생은 대부분 나쁘고 가끔 좋은데, 클래식 FM을 틀어놓고 사연을 듣는 시간은 분명 좋은 일에 포함된다. 나와는 상관없는 사람들의 이야기지만 이처럼 다정한 일이 세상에 매일매일 생겨나고 있다는 사실은, 그것만으로도 위로가 된다.

모든 것은 지나가기 마련이고, 우리는 결국 끝이 닿는다. 지나간다는 것, 끝이 있다는 것. 이 사실이 큰 위안이 된다. 우리는 결국 거기서 다 만날 테니까.

클래식 FM을 들으며 걸어가는 오후다. 그늘에 멈추어 서서는 구름이 피어나는 먼 지평선을 보고 있다. 거기에 누군가 있다는 듯이 손을 흔든다. 우리 그곳에서 만나요. 만나서 포옹을 해요.

이 책에 실린 글들은 나의 말 못 한 사정들이다.

차례

카스텔라 맛이 나는 봄 저녁
1장

그늘 아래 회고주의자

2장

여기엔 없는 기분

3장

서쪽 뺨으로 찾아온 노을

4장

카스텔라 맛이 나는 봄 저녁

1장

빛이 우리를
똑바로 비추는 것처럼

아직도 그날이 잊히지 않는다.

그날 우리는 정말 행복했다.
빛이 우리를 똑바로 비추는 것 같았다.

세상은 구석구석 환해서 불행이라는 말은 그 어디에
도 존재하지 않는듯 보였다.

나의 최선과 당신의 최선이 겹쳤던 그 시간,
그런 날이 누구나에겐 하루쯤 존재하고 있다.

세상의 모든 뉴스가 먼 나라 일처럼 까마득하게 느껴
지는 그런 날,
그 하루가 우리에게 다가오는 모든 불행한 날들을 견
디게 만든다.

봄에는 봄에 집중하고
인생에서는 서로를 즐깁시다

일요일인 줄 모르고 출근했습니다. 사무실 주변 벚나무
들이 꽃잎을 환하게 피워 물고 있더군요. 그 아래를 아
이들이 뛰어놀고 있었습니다. 그래서 일요일인 줄 알았
죠. 벚나무 아래 벤치에서 인스턴트 커피를 마시며 한참
을 앉아 있었습니다.

  사는 것도, 여행을 하는 것도, 사랑하는 것도…… 끊
임없이 뭔가가 닥치고 그걸 해결하는 일이라는 생각이
들더군요. 닥치고 해결하고, 해결해 놓고 보면 새로운
일이 또 닥치고, 그걸 해결하기 위해 동분서주하고……
그러다 보면 일주일이 가고, 한 달이 가고, 일 년이 가
고, 십 년이 가는 거죠.

  그러니까 의미 같은 건 생각하지 맙시다. 의미에 관해
고민하려면 자주 멈춰 서야 하니까요. 멈춰 서면 후회를
하게 되니까요. 우리 뜻대로 되는 건 별로 없다는 거. 이
제 그걸 알고 있잖아요.

무라카미 하루키 영감이(그도 어느새 영감이 되었군요)『댄스 댄스 댄스』에서 이렇게 썼죠. "춤을 추는 거야. 왜 춤추느냐 하는 건 생각해선 안 돼. 의미 같은 것도 생각해선 안 돼. 의미 같은 건 애당초 없는 거요. 그런 걸 생각하기 시작하면 발이 멎어."

그렇죠. 단지 누군가가 거기에 있다는 것, 그것만으로도 여행을 떠나는 훌륭한 이유가 되기도 하죠. 당신이라서, 단지 당신이라서 당신을 사랑하는 것이고요.

삶이라는 게 그렇게 특별하고 거창한 게 아니에요. 뒤돌아보면 우리가 지나온 길 위에 뭔가 그럴듯한 게 하나 서 있죠. 그게 바로 의미라는 겁니다. 의미는 그냥 자연스럽게 만들어지는 것이랍니다.

곧 봄이 갈 거예요. 봄이 어떤 의미일까를 생각하지 말고, 지금은 그냥 봄에 집중하면 어떨까요. 인생은 지나가고 있으니 이번 인생에서는 서로를 즐기자고요.

옛날 일들은
눈꺼풀 위에 올려 두고

오월이 되었다. 섭씨 16도. 뭘 해도 기분 좋은 온도다.
나는 어느 소도시의 한옥 마루에 누워 있다. 봄 햇살이
눈꺼풀 위에 어룽댄다. 등은 적당히 서늘하다. 먼 느티
나무에서 새소리가 날아온다.

더 좋은 인생이란 대체 무엇일까? 사랑이란 무엇일
까? 지금보다 더 좋은 사람이 되어야 할 텐데. 이런 생
각이 들 때가 자주 있지만, 한옥 마루에 등을 대고 눈을
감은 채 이 감촉을 즐기고 있으면 '이런 느낌으로 살아
가는 것도 나쁘지 않아'하고 생각하게 된다. 대충 얼버
무리며 사는 것도 괜찮아, 하루 쯤 이래도 돼. 처마 끝에
서 바람이 불어와 뜀틀처럼 이마를 짚고 지나간다.

마루에 누워 있으니 봄 햇볕이 따스해 슬그머니 졸린
다. 눈을 감으니 당신 주머니 속에 손을 넣고 걸었던 해
변이 기억난다. 경북 영천 모고헌 가던 길, 작약 꽃잎 낭
자한 어느 집 파란 대문 앞에 서서 당신을 데리고 오지
않은 것을 후회하던 봄도 아지랑이처럼 떠오른다. 햇빛

은 왜 문득문득 옛날 일들을 끄집어 내어 눈꺼풀 위에 갖다 두는 것일까.

　나무 마루 위의 공기가 팥처럼 달다. 누군가를 가르치려는 의지가 가장 부질없는 것이지. 붙잡지 못한 인연에 미련을 두는 것이 가장 소용없는 일이지. 일생의 공부는 잠시 미뤄 두고 낮잠이나 즐기고 싶은 오후. 이마에 팔뚝을 올리니 팔꿈치가 간지럽다. 군산 이성당에서 사라다빵을 사서 나눠 먹던 그날 저녁, 당신 옷자락을 스칠 때마다 간지러웠던 그 팔꿈치다. 그때가 언제였던가. 삼 년 전이었던가, 오 년 전이었던가. 그런데 그게 무슨 상관이란 말인가. 팔꿈치는 잠자리가 앉은 듯 희미하게 간지럽고, 생각은 헬리콥터 소리를 따라 먼 먼 산등성이를 넘어 옛날로 간다.

　우리는 어디서 와서, 무엇을 하다가, 어디로 가는 것일까. 마루는 줄이 풀어진 배처럼 봄 속에 두둥실 떠 있다.

해가 지면
놀러 가는 게 올바른 인생이지요

퇴근할 때면 하늘을 자주 올려다본다.

오늘 하늘은 어떤 풍경을 보여주시려나……

요즘 하늘 올려다보는 재미가 좋다. 참 예쁘다.

오후에는 한없이 푸르다가 해 질 무렵이면 주황색과
보랏빛이 어우러진다. 하늘 저편에서 뭉게뭉게 올라오
는 색색의 구름을 보면 기분의 뒤꿈치가 3센티미터쯤
올라간다.

어젯밤부터 내리던 비가 오전에 그쳤다. 작업실 가는
길에 푸른 하늘이 펼쳐졌다. 솜뭉치 같은 구름이 낮고
높게 떠 있었다.

벚나무 잎의 초록은 깊어질 대로 깊어져 있었다. 봄이
가고 여름이 왔군. 햇빛은 누군가 양동이로 쏟아붓는 듯
했다.

공기에서는 달큰한 풀냄새가 났다. 계절이 또 어김없
이 바뀌었다.

때가 되면 약속처럼 와서 자기 자리로 가 딱 앉는 것들. 봄과 여름, 신록, 장마, 노랗게 물드는 은행잎 같은 것들, 이런 것들이 신비롭고 경이롭고 때로는 눈물겹다. 그래서 만질 수 있는 것들은 일부러라도 만져보려고 한다.

작업실 들어가기 전, 입구에 서 있는 벚나무의 가지를 쓰다듬었는데, 뜬금없이 올봄에는 두릅을 먹지 못했다는 생각이 들었다. 꼭 챙겨 먹어야겠다고 메모까지 해뒀는데 말이다.

그러고 보니 지난 석 달 동안 단 하루도 쉬지 못했다.

이런, 도대체 무슨 부귀영화를 누리겠다고 이렇게 무작정 달리기만 하는 것일까.

벚나무를 어루만지며 이번 여름에는 제철을 더 잘 챙겨보자고 다짐했다. 가지와 복숭아, 바다, 선풍기 아래에서의 낮잠 같은 것들.

있어도, 와도, 내가 누리지 못하면 다 헛것이다. 애초에 없는 것과 마찬가지다.

집에 가면 반팔 셔츠와 반바지부터 꺼내놔야겠다.

휴일이지만 작업실에 나와서 일을 하는 인생. 하루하루 삶이 사라져가고 있지만, 지금은 살고 있고 또 살아야 하니 어쩔 수 없다며 변명해 보지만 한심한 인생이라는 생각이 드는 것 또한 어쩔 수 없다.

어쩔 수 없음과 어쩔 수 없음 사이에서 갈팡질팡 일을 하다 보니 어느새 퇴근 시간이다.

정류장 가는 길, 노을이 어김 없이 예쁘다. 한없이 평화로운 이 노을 앞에서 여름에는 조금 게을러지는 것이 좋겠다고 생각한다.

여름엔 조금 게을러도 뭐라고 하는 사람이 없겠지.

올여름엔 간장에 가지를 볶고 복숭아를 깨물어야지.

야망 같은 건 잠시 미뤄두고 두부를 놓고 차가운 맥주를 마셔야지.

해가 지면 놀러 가는 게 올바른 인생이라는 생각은 나이가 들수록 굳건해진다.

당신은
내가 겪은 일의 전부였지

오늘 써야 할 분량의 글을 다 썼다.

집 앞 편의점 플라스틱 의자에 앉아 카스를 마시며 황동규를 읽는다.

아파트 옥상 너머로 저녁이 오고 있다.

저녁은 어디가 앞일까? (황동규 시인은 "하늘에도 앞뒤가 있군요"라고 했거든.)

노시인은 세월을 서핑하고 있다. 파도를 잘 탄다.

무얼 가지고 있으면, 아니 무얼 버리면 이처럼 경쾌해질 수 있을까.

이 순간을 위해 평생을 살아왔다고 느낀 적이 몇 번 있었는데, 지나고 보니 그 순간은 그 순간이 아니었더라고.

뭐, 이렇게 생각하면 되려나.

자전거 한 대가 저녁을 가르며 재빨리 지나간다.

자전거를 탄 소녀는 팔목이 하얬다. 연두색 실핏줄이 강물처럼 흐르고 있었던 것 같다.

파리바게뜨 앞에는 킥보드를 탄 소년들이 아이스크림

을 들고 서 있었다.

투명한 비커에 담긴 것 같은 시간들.

어디선가 실로폰 소리가 들린다. 열일곱, 스물, 서른
셋…… 이렇게 두드리는 것 같다.

그날들은 지금 어디쯤에 있을까.

밀물지는 소리가 들리는 곳으로 가주세요.

새벽 두 시, 택시 기사에게 이렇게 말했던 시절도 있
었는데.

어쨌든 어쨌든 하며 구름이 흘러간다.

손목의 연두색 실핏줄을 물끄러미 바라보던 그 시절
들을 싣고 두둥실 막무가내로 흘러간다.

발바닥에 유리 조각을 꽂고 걷는 것처럼 살았던 적이
있었지. 한때 당신을 내가 겪은 일의 전부라고 생각했던
적이 있었지.

긴자 분메이도의 카스텔라를 포크로 반듯하게 잘라
당신 앞으로 밀어주던 도쿄의 그 저녁. 부드럽고 유순하

던 그 저녁.

그 저녁이 떠오르는 오늘 저녁.

편의점에서 빵빠레 하나를 사 온다.

맥주 한 모금을 마시고 빵빠레 한 입을 베어 문다.

이토록 통속적인 달콤함이라니.

빵빠레 한 입을 베어 물고 다시 황동규 한 편을 읽는다.

이토록 가벼운 봄 저녁이라니.

기억 속의 봄 저녁은 왜 모조리 카스텔라 맛이 나는 것일까.

어디선가 바람이 슬그머니 불어온다.

맥주와 아이스크림과 시집의 안락.

오월이 다 갔으니 곧 수국이 피겠구나.

그때면 나는 종일 수국만 보고 살아도 좋다고 뻥을 치고 다니겠지.

수국 사진을 찍어 아무에게나 카톡을 보내겠지.

어이, 수국이 빵빠레처럼 핀 거야! 하면서 말이다.

마당이 있다면
뉘우칠 일들을 죄다 쓸어 모아서는

하늘이 흐려지더니 비가 흩날리기 시작했다. 이 비가 그
치면 여름이 오겠구나.

　내가 글을 쓰는 방에는 작은 창문이 하나 있는데, 이
창을 열면 아주 멀리까지 내다보인다. 교회의 십자가도
보이고 어느 연립주택의 초록색 옥상도 보인다. 고추와
상추를 심어놓은 텃밭도 보인다. 할머니가 부지런해서
고랑이 가지런하다.
　내리는 비에 이 풍경이 조금씩 젖어가고 있다.

　비 오는 날이면 가끔 창문을 열고 클래식 FM을 들으
며 낮술을 마신다. 막걸리를 마실 때도 있고 와인을 마
실 때도 있다.
　어떤 술이든 반병 정도 마시다 보면 문득 마당 없이 산
다는 것이 얼마나 가난한 일인가 하는 생각이 들곤 한다.
　마당이 있다면 살구나무를 한 주 들이고, 이 빗소리를
나무 아래 죄다 쓸어 담을 텐데.

오늘 빗소리는 이십 년 전 천수만에서 들었던 가창오리 떼의 붕붕거리는 날갯짓 소리 같았다. 아버지가 피우시던 한산도 담뱃갑의 은종이가 바삭거리는 소리처럼 들리기도 했다.

빗소리는 나를 자꾸만 옛날로 데리고 가려는데 나는 가기 싫어서 술잔을 붙들고 있었다.

술 한 병이 거의 다 빌 무렵, 비가 그쳤다. 구름 사이로 햇빛이 뉘엿하게 비쳤다. 옅은 주홍색이었다.

마당이 있다면 이 빛들을 다 불러 모으고, 그 속에 앉아 내 지난 일들을 뉘우칠 텐데.

비가 올 때마다 뉘우친다면 나는 천수만 가창오리 떼를 찍으러 다닐 때처럼 날렵한 마음을 가질 수 있으려나.

할머니의 저 밭고랑처럼 가지런하게 인생을 가꿀 수 있으려나.

마지막 잔을 비우는데 라디오에서 모차르트 피아노 협주곡 21번이 나왔다.

다시 태어난다면 글 같은 건 쓰지 않고 음악을 들으며 살아야지.

마당이 없는 나는 마음이 가난하고, 마음이 가난한 나는 뉘우칠 일이 없다.

당신은 이해할 수 없어
신비로운 여름

반바지를 입고 산책했다.
곧 매미가 울겠네.

봄이 가고 여름이 오는 것처럼, 나무들의 잎이 초록으로 점점 짙어지다가 가을 지나 겨울이 되면 잎을 떨어뜨리는 것처럼, 세상에는 이해되지 않는 일이 많다.
옛날에는 이 모든 현상을 원래 그런 거지 하며 받아들였는데, 지금은 도무지 이해가 되지 않는단 말이지.
봄이 가면 여름이 어김없이 찾아오다니!

여름은 2호선 전철처럼 해마다 이 세상을 빙글빙글 돌며 들어선다.

산책을 마치고 돌아가는 길, 벤치에 앉아 가만히 생각해 보니, 세상은 이해 못 할 일투성이다 싶다. 여름이 오는 이유조차 알지 못하니 말이다.
바람에 흔들리는 버드나무 아래에서 나는 알고 있는 게 아무것도 없다는 것을 순순히 인정한다.

모든 걸 다 안다고 생각했던 어리석은 젊은 날이여.

이해할 수 없어. 요즘엔 이 말이 참 긍정적으로 다가 온다.

이러는 날 이해해 줘! 이러는 당신을 도저히 이해할 수 없어! 옛날엔 이러면서 많이도 싸웠다.

그땐 왜 그랬을까.

우리는 서로 이해할 수 없기에 더 이야기를 나누고 있다.

이해할 수 없기에 더 꼭 껴안고 있다.

이해할 수 없어 당신을 바라보며 당신을 향해 모든 촉 수를 곤두세우고 있다.

사랑은 이해하는 것이 아니라, 이해하지 못한다는 사 실을 인정하는 것이 아닐까.

그러니까 당신은 도저히 이해할 수 없어 더 신비로운 여름.

여름은 어떻게 와야 할 때를 알고 어김없이 찾아오는
것일까.

곧 매미 울음소리가 이 여름에 번창하겠지.

거기에 두고 온
뭔가가 있다는 듯이

나 왔어, 이러며 식탁에 앉듯이 여름이 왔다.

마산 출장에서 돌아오자마자 인스턴트 냉면을 삶고 캔맥주를 땄다. 유월엔 마산에 한 번 더 가야 하고, 철원과 양구에도 가야 한다. 마산에서는 잘 삶은 한치와 생선구이를 먹었다. 저녁에는 배우, 시인, 목수와 함께 통술집에서 술을 마셨다.

마산에서 출발한 기차가 서울에 와서 한강을 건널 때, 차창 너머로 63빌딩이 보였다. 햇빛 가리개 너머로 보이는 하늘과 강과 빌딩은 어딘가 퇴색해 보였다.

마산이 그랬다. 색이 한 번 빠져나간 느낌이었다. 빠르게 지나가는 차창 밖 풍경을 바라보며 생각했다.

인생이 지나간다……

"한때 명동 다음 창동이라는 말이 있었어요. 마산 창동이 서울 명동 다음으로 땅값이 비쌌지."

마산 사람들은 이 말을 몇 번이나 했다. 누군가는 이렇게 말하며 고등어구이 한 점을 집었고, 누군가는 또 이렇게 말하며 노래방 간판을 쳐다봤다.

좋았던 것들, 지금은 지나가서 없는 것들, 그것들을 말할 때의 표정을 지켜보는 것은 조금 쓸쓸한 일이다.

나도 저런 표정을 지으며 서 있을 때가 있겠지.

요즘에는 가끔 어딘가를 멍하니 바라본다. 빌딩 너머나 흔들리는 나무, 강이 흘러가는 끝, 보랏빛 구름이 서 있는 하늘……

거기에 두고 온 뭔가가 있다는 듯이.

집에 돌아와 물을 끓여 냉면을 삶아 체에 밭쳐 찬물에 씻었다. 간장 종지에 김치를 담고 컵라면을 살 때 받은 나무젓가락을 꺼냈다. 기린 생맥주를 컵에 가득 따른 다음 한 모금 마셨다. 그리고 냉면을 크게 한 젓가락 집어 먹었다.

냉면 한 젓가락에 '인생은 가던 길 잠자코 가세요'하
는 마음이 되었다.

냉면은 순식간에 사라졌다.

인생은 지나가는 게 일이고, 마산 사람들에겐 마산 사
람들만의 시끌벅적한 보람이 있을 것이다.

그리고 여름엔 냉면을 즐기는 게 최선의 일이다.

언제 왔니, 여름아.

나의 일이
처마만큼이나 유익하고 쓸모 있는가

빗소리에 잠이 깼다. 창밖은 어두웠다.

　번개가 쳤고 가끔 창문이 환해졌는데……

　물 마시고 침대로 돌아와 빗소리를 들었다.

　옆으로 눕지 않고 반듯하게 누웠다.

　빗소리를 더 잘 들으려고 그랬다.

　다행히 일요일이 조금은 남아 있었다.

　여름의 기쁨이라면 한밤의 빗소리를 듣는 것이다. 에어컨을 켜고 목까지 이불을 끌어당겨 빗소리를 듣는 것이다.

　그 서늘하고 분명한 감촉은 분명 유월의 사치다.

　내일은 사무실 앞에 가득 심어진 버드나무가 더 푸르게 일렁이겠구나.

　그러고 보니 버드나무는 참 예쁜 이름이다.

　버드나무는 버드나무에 어울리는 이름을 가졌고 맨드라미는 맨드라미에 어울리는 이름을 가졌다.

　복숭아뼈를 이르는 말로 복숭아뼈를 대신할 말은 없다.

우리는 모두 각자에게 어울리는 이름을 가지고 있다.

다시 비가 거세졌다.
너희는 별것 아니라는 듯이 와장창 내리는 비.
멘델스존의 〈무언가〉를 틀었다.
내가 하는 일이 과연 아름다운가.
빗소리와 어울리는 음악만큼이나, 빗소리를 깃들게
하는 처마만큼이나 유익하고 쓸모 있는 일인가.
에어컨을 켜고 빗소리를 듣고 있으면 착한 사람이 된
것 같은 착각에 빠지곤 한다.

아참, 당신은 당신에게 어울리는 예쁜 이름을 가지고
있었지.

말 못 할 사정이 있겠죠,
뭐

나에겐 당신에게 말하지 못한 사정이 있다. 그건 한두 마디로 설명할 수 없는 것이다. 어쩔 수 없는 여러 가지 일들이 겹치면서 결국 여기까지 와 버렸다.

지금 내 앞에 앉아있는 당신도 그러할 것이다. 뭔가 복잡한 사정이 있었겠지. 잎을 떨어뜨리며 선 저 나무처럼 말이다.

'안 봐도 안다'는 말이 있지만, 살면서 배운 건 '겪어 보지 않으면 절대 알 수 없다'라는 것이다. 인간관계에서 가장 큰 감정 소모는 작은 일 하나로 한 사람의 전체를 평가하는 데서 일어난다.

___ 조금 더 기다려 보자, 나아지겠지.
___ 그래도 안 되면?
___ 그럼 안 되는 거지, 뭐. 세상은 우리가 어쩔 수 없는 일투성이니까.

어떤 삶이든 그만의 애로사항이 있다는 것. 누구에게
나 말 못 할 사정이 있다는 것. 그걸 아는 것. 타인에 대
한 존중은 여기서 시작한다.

말 못 할 사정이 있겠죠, 뭐.
우리는 서로에게 해피엔딩이 될 수 있다.

논둑길 따라
베토벤을 들었지

한두 시쯤 사무실에서 나와 운동 겸 산책 겸 천천히 걸어가서 점심을 먹고 온다. 내 사무실은 산자락 아래에 있어 걷기가 좋다. 걷다 보면 커피잔을 손에 쥔 직장인들도 만나고 커다란 쇼핑백을 든 단체여행객들도 자주 본다. 사무실 주변에 대형아웃렛이 있어서다.

십오 분 정도 걸어가면 시골길에 접어든다. 무슨 작물을 기르는지는 모르겠지만, 농기구를 보관해 놓은 창고 같은 건물이 보이기도 한다. 트랙터처럼 생긴 기계가 들어가 있다. 뭔가 멋쩍은 듯 서 있는 정류장도 지나는데, 버스를 기다리는 사람을 한 번도 본 적이 없다.

어제는 새로 생긴 국숫집에 갔다. 주인아주머니는 친절했다. 여느 국숫집과 별반 다르지 않았다. 수저통이 달린 나무 탁자가 놓여 있고 물은 셀프. 잔치국수를 먹을까, 비빔국수를 먹을까 고민하다가 요즘 치과에 다니고 있다는 걸 떠올리곤 잔치국수를 주문했다. 국수는 투명한 육수 속에 보기 좋게 담겨 있었고, 노란색 계란지

단이 올라가 있었다. 반만 먹자고 했는데 다 먹었다.

국수를 먹고 사무실 돌아가는 길, 논둑을 따라 걸으며 베토벤을 들었다. 갈 때는 멘델스존이었다가 올 때는 베토벤이다. 곧 모내기 물을 대겠네. 무엇을 쓸까 생각하며 갔다가, 어떻게 살까 생각하며 돌아온다.

마음은 논과 같아서, 물을 대어서 고요히 파문을 들여다보다가, 어느 날 무성하게 흔들리는 싹들을 무릎을 오그리고 들여다보다가, 어느 날 기쁘게 비어 버린 들판에 몰두하는 일……

생각 끝에 나비 한 마리가 팔랑팔랑 날아간다. 그래도 그동안 살면서 베토벤을 알았고, 이별을 나비로 만드는 법 하나는 배웠구나. 논둑길에서 잠시 비틀거린다. 다음 생에서는 글 같은 건 쓰지 않겠어. 음악을 들으며 국수나 뽑으며 살아야지.

어여 가, 바람이 슬쩍 등을 민다.
걸음걸이가 이민자 같다.

그렇게 꼭
나쁜 것만은 아니라서요

사무실 옥상에서 맥심 커피 한잔을 마시며 길 건너 심
학산을 바라보고 있다. 5월 중순, 어느덧 봄은 깊어서
산의 초록도 짙어졌다. 잿빛에서 연초록으로 색을 바꾸
던 산은 아래에서부터 희미한 초록이 올라오더니 이제
는 짙은 초록으로 뒤덮였다. 초록이 번져가는 걸 보고
있으면 초록이 하나의 생물이라는 생각이 든다. 우리가
어쩌지 못하고, 우리가 이해할 수 없는 생물.

　누군가 이렇게 말하는 걸 들은 적이 있다. 외계의 생
명은 아주 오래전부터 우리와 함께 이 지구에 살고 있
는데, 그것은 우리가 상상하는 형태가 전혀 아니라 음악
같은 것으로 우리 곁에 머물고 있다는 것. 이 얼마나 멋
진 생각인가. 수만 광년을 건너온 어떤 생명이 빌 에번
스의 〈Spring is Here〉나 임윤찬의 〈베토벤 피아노 협주
곡 3번〉으로 존재하는 것이다. 옛날 같으면 말도 안 되
는 소리로 치부하며 한 귀로 흘려버렸을 테지만, 왠지
그 말이 오래도록 마음 한 귀퉁이에 오로라처럼 너울대
며 남았다. '하나의 사물은 하나의 시간에 하나의 장소

에만 존재한다'라는 아인슈타인이 증명만큼이나 과학적인 선명함과 시적인 영롱함을 함께 지닌 말이라고 생각했다.

그런데 만약, 음악이 우리 곁에 있는 외계의 생명이라면, 봄의 초록과 가을의 노랑도 그럴 수 있다는 것 아닐까? 초록이라는 온순하고 다정한 생물이 심학산에 지그시 서서 나를 지켜보고 있는 것처럼. 이제 내가 머물 날은 얼마 남지 않았어. 내가 가고 나면 장마라는 녀석이 올 거야. 그 녀석은 심술이 보통이 아니거든. 장난스러운 눈빛으로 이렇게 말하면서 말이다.

빌 에번스의 건반은 초록의 가장자리를 빙글빙글 맴돌며 사랑을 기다리고 있다. 내 연인이 여기에 도착하려면 몇 광년이나 남았을까 손을 꼽으면서. 십 년 전만 해도 별로이던 음악이 지금은 이렇게 식어버린 커피를 마시며 들어도 세세한 부분까지 들린다. 이 아름다운 지구를 인간이라는 존재만 누리고 산다는 건 우주적으로 생각해 보아도 너무나 비효율적인 일이 아닐까.

이런저런 생각과 함께 나는 지금 '빌 에번스의 건반' 종족, '오월의 기분 좋은 봄'이라는 종족과 함께 지구의 화창한 이 순간을 즐기고 있다.

이게 다 나이가 들면 이해할 수 있는 일인데, 그래서 나이가 드는 게 꼭 그렇게 나쁜 일만은 아니라는 거다.

갖고 싶은 게 생긴다면
그걸 먼저 갖도록 하자

어느 잡지와 인터뷰를 했다. 기자는 내게 갖고 싶은 것 세 가지가 뭐냐고 물었는데 대답하지 못했다. 차? 아니요. 집? 아니요. 아, 제주에 살 만한 집 하는 갖고 싶다. 카메라? 아니요. 있던 카메라도 정리했다. 음, 정말 갖고 싶은 게 없었다. 그냥 살 만한 세상이나 됐으면 좋겠어요. 딱히 할 말이 없어 이렇게 대답하고 말았다.

집으로 돌아오는 길, 해지는 공원 벤치에 앉아 캔맥주를 마셨다. 긴 긴 비가 잠깐 그친 하늘에는 노을이 아주 붉었다. 해야 할 일은 산더미인데 시간은 왜 이렇게 빠르게 가는가. 한숨이 나왔다. 갖고 싶은 건 없지만 해야 할 일은 넘쳐나는 인생은 도대체 뭐란 말인가. 나는 벤치를 툴툴 털고 일어나 불 켜진 술집을 찾아 나섰다.

술집에서는 정미조가 흘러나왔다. "가도, 아주 가지는 않노라시던, 그런 약속이 있었겠지요." 오뎅탕은 식어 있었고 청하는 미지근했다. 사시미를 뜨고 있던 주방장에게 물었다. 갖고 싶은 것 세 가지가 뭐예요? 주방장은 오륙 초 정도 생각하더니 말했다. 일단 큰 집과 좋은 차요. 그것 말고, 딴 건요? 제 가게와 좋은 칼을 갖고 싶습니다. 그가 내 접시에 붉은 참치살 한 점을 올려주며 말했다. 주머니 속에서 휴대전화가 울렸지만 받지 않았다. 저녁 여덟 시 이후에 오는 전화는 대부분 쓸모없다. 한탄이 반, 푸념이 반이다.

오뎅탕과 청하를 남기고 술집을 나왔다. 가로등이 희미하게 깜빡였다. "가도, 아주 가지는 않노라시던, 그런 약속이 있었겠지요." 정미조의 목소리가 귓가에 희미하게 맴돌았다. 갖고 싶은 게 뭘까. 다시 생각해 보았지만 딱히 없었다. 언젠가 동료 작가가 내게 물었던 적이 있다. 여행 안 하고, 글 안 쓸 때는 뭐 하고 지내요? 특별히 좋아하는 건 없어요? 자전거나 오토바이, 낚시, 테니스 같은 것들…… 아뇨. 나는 고개를 흔들었다. 그냥 소파에 멍하니 앉아 있거나, 책을 읽거나, 넷플릭스를 봐요.

넓은 집이 있으면 좋겠지. 좋은 차도 있으면 좋겠지.

하지만 그렇게 절실한 건 아니다. 좋은 칼을 사용한다는
건 어떤 느낌일까. 그건 약간 궁금했다. 아, 딱히 갖고
싶은 것도, 하고 싶은 것도 없는 나는 도대체 어떤 인간
인 것일까. 냉장고 문을 열며 나는 한탄했고, 내일 처리
해야 할 일을 떠올리며 인생은 왜 이리 긴가 하고 푸념
하며 찬물을 들이켰다. 휴대폰에는 부재중 한탄과 푸념
이 여섯 통 와 있었다.

　일단 자도록 하자, 인생은 깊이 생각한다고 좋은 것만
은 아니다. 한탄과 푸념에는 잠이 좋다. 자고, 내일 새벽
일어나 밀린 원고를 쓰자. 사무실에 나가서는 디자이너
에게 넘겨야 할 원고를 잘 마무리하고, 오후에 있을 미
팅 준비를 잘하자. 이렇게 하루하루를 보내다 보면 뭔가
갖고 싶은 게 생기겠지. 아참, 제주에 지낼 만한 집을 갖
고 싶으니 내게도 갖고 싶은 것이 하나 있군. 돈이 생긴
다면 그걸 먼저 갖도록 하자.

우리는 멀리 걸어
저녁별 아래에 설 것이고

세차게 내리던 소나기 그치고 지금은 볕 잘 드는 오후
다. 베란다에 앉아 소주 한 모금을 마시고 두부 한 젓가
락을 먹는다. 어디선가 갈매기 한 마리가 날아와 아파트
지붕 위를 빙글 맴돌다 사라진다.

　어디서 왔을까, 여기서 바다는 먼데.

　혼자라서 멀리 갈 수 있는 것이란다. 혼자서는 아무것
도 하지 않아도 되니까. 혼자서는 적을 만들지 않아도
되니까. 지켜야 할 게 없으니까. 그래서 혼자서는 더 필
사적이 되는 것이란다.

　갈매기는 다시 날아 와 미루나무 위를 빙빙 돌고 있
다. 날갯짓이 사투적으로 보인다.

　세상에는 먼 곳이 많다.
　다 가볼 수는 없지만 먼 곳이 있다는 것만으로 위안이
된다.

내가 당신에게서 떠나 와 당신을 아주 먼 거리로 만든 것처럼, 언젠가 우리는 멀리 걸어 저녁별 아래에 설 것이고, 그때야 사랑은 이별에 실패한 것이라는 사실을 알게 될 것이다.

미루나무는 높고 운명은 갈매기처럼 우리의 그림자 위를 빙빙 돌고 있는 늦은 여름 저녁이다.

달려라,
가랑비

매일매일 당신을 향해 멀어지고 있다
　당신이 눈치채지 못하게
　시간에게 들키지 않고

　그것은 책을 읽는 것과 같아서 웅크린 자세로
　나를 견디는 일이다
　그것은 깊은 먹구름 같은 것이기도 하고
　눈앞을 달리는 가랑비 같은 것이기도 하다

　달려라, 가랑비
　나는 아무도 들어주지 않는 고백을 남발하고 있다

　모든 일에는 다 이유가 있지만
　이유 없는 아름다움이 존재한다는 것을 알게 된
　수평선에서의 새벽, 그날 이후 당신의 안부가,
　나의 생이 더 이상 궁금하지 않다

　뭔가 잘못되었다는 걸 알았을 때는 이미

많은 것이 잘못되어 있을 때다

가스 불을 잠그고 나서는 꼭 소리 내 말한다, 가스 불을 잠갔어

나는 당신에게 이야기해도 되는 것만 이야기했다

돌이킬 수 없는 사실만 말했다

그 새벽의 수평선이 그리울 것이다

혼자 있었던 새벽

보랏빛 바람의 새벽

아름다운 것들은 대부분 외롭고,

외로운 것들은 대부분 아름답던 그 시절

혼자이어야만 닿을 수 있는 곳이 있다

그늘 아래 회고주의자

2장

내가 가진 이별의 인사가
바닥날 때까지

누군가와 혹은 무언가와 헤어지는 일이 잦다. 작은 이별, 큰 이별. 이런저런 이유로 떠나가고, 떠나온다. 오늘 아침, 누군가가 떠나갔다. 아주 오랫동안 좋아했던 사람이었다. 늘 곁에 있을 거라고 생각했는데……

찬물에 밥을 말아 먹으며 슈베르트의 〈겨울 나그네〉를 들었다. 세상에는 설명할 수 없는 헤어짐이 많은데, 그 헤어짐에 대해 곰곰이 생각해 보면 모두 필연적이다. 헤어지는 게 낫고, 헤어질 수밖에 없는 것이다.

지금까지 수많은 헤어짐을 겪었지만, 여전히 적응이 되질 않는다. 마음이 아프다. 어떤 헤어짐은 다시 만날 수 있지만, 어떤 헤어짐은 영원하다. 어떤 헤어짐은 너무나 갑작스럽고, 또 어떤 헤어짐은 영원히 상처가 되어 남은 생을 아프게 한다.

산다는 건 주위의 것들이 하나씩 사라지는 걸 겪는 것이라는 걸 알지만, 떠나가는 것들의 어쩔 수 없는 뒷모습을 보고 있으면, 남아 있는 것들의 어색한 포즈를 보고 있으면 마음이 낮에 뜬 그믐달처럼 적막하다.

붙잡을 수 없는 것들이 늘어난다. 수많은 이별을 징검다리 삼아 세월의 강물을 건너가고 있다. 다행인 것이 있다면 나이가 든다는 것이다. 이별도 경험이라면 경험이라서, 스스로를 해치거나 다그치는 일은 잘 하지 않게 된다.

벚나무 아래 벤치에 앉아 있다. 어제는 같은 벤치에 앉아 봄을 즐겼는데, 오늘은 이별을 아파하고 있다. 그게 인생이다.

무릎 위로 떨어진 꽃잎 하나를 집으며 생각한다. 앞으로도 여전히 나는 헤어짐을 겪으며 삶의 많은 시간을 보내겠지. 내가 가진 이별과 작별의 인사가 모두 바닥날 때까지 말이다.

좋아해. 우리가 이 말을 항상 먼저 해야 하는 이유일
지도 모른다.

무엇보다
슬픈 일은

젊었을 땐 알지 못하고 이해할 수 없는 것들이 지금은
이해가 된다. 가령 자신을 사랑하는 법 같은 것. 나는 수
영에는 영 재능이 없고 달리기를 잘하는 사람인데, 수영
을 잘하는 사람을 보며 그를 미워할 필요는 없다는 것
을 나이를 먹어가며 알게 됐다. 젊었을 때는 수영이 잘
하는 사람이 미웠고, 달리기를 잘하는 나를 사랑하지 못
했는데, 이젠 수영을 즐기며 달리기를 잘하는 나를 더
사랑하고 있다.

　젊었을 때는 당한 것은 반드시 갚는다는 생각으로 살
았던 것 같다. 아니, 당하지 않았던 것도 갚는다는 오기
와 각오로 달려들었던 것 같다. 많이 부끄럽다. 복수와
응징이 필요할 때도 있지만, 인생에 더 도움이 되는 건
신세 진 것은 반드시 갚는다는 마음이 아닐까 싶다. 내
가 받은 도움을 잘 기억해 두는 것. 좋은 사람이 되기 위
한 첫걸음이다.

　이젠, 무언가가 사라져서 슬프다는 건 그게 그만큼

소중했고 사랑했다는 뜻이라는 걸 알게 됐다. '인간은 불행한 만큼 인생의 크기를 느끼고 행복한 만큼 인생의 깊이를 느낀다.' 같은 제법 그럴싸한 말도 할 줄 알게 됐다.

진심으로 나의 성공을 기뻐해 줄 사람이 몇 없다는 걸 알게 되고 나서 살아가는 마음이 조금 가볍고 너그럽다. 세월이 내게 준 선물이다.

그래도 아직 알지 못하고 이해할 수 없는 것들이 많다. 아니, 아직도 도저히 받아들일 수 없는 것들이라고 해야 맞을지 모르겠다. 그것들을 알고 이해하기 위해, 납득하기 위해 글을 쓰고 여행을 떠나고 음악을 듣고 책을 읽는다.

젊어서 좋은 건 무언가를 언젠가 이해할 때가 오기 때문이다. 늙어서 안 좋은 건, 지금 이해하지 못하는 그것을 어쩌면 영원히 이해하지 못할 수도 있기 때문이다.

이해할 수 없다는 것…… 나이가 들면 그게 미련이 남는다는 말과 어느 정도는 겹친다는 걸 알게 된다.

미련이 남는다는 것, 그 무엇보다 슬픈 일이란다.

이번 생은
모두가 처음이라서

예전엔 우리가 모두 같은 출발선에서 달리기를 시작한다고 생각했다. 뭐, 지금은 아니지만.

우리의 출발선은 다르다.

어떤 이는 뒤에서, 어떤 이는 낮은 곳에서, 또 다른 어떤 이는 저 멀리 앞에서, 어떤 이는 높은 곳에서 출발한다. 모두가 다른 조건에서 출발했지만, 우리는 이를 악물고 각자의 트랙을 달리고 있다.

우리가 다른 사람이 처한 현실의 조건을 비판하지 말고, 현실을 대하는 그의 편협하고 태만한 태도를 비판해야 하는 이유다.

우리가 살고 있는 이번 인생은 모두에게 처음이다.

매일 아침 눈을 뜰 때마다 우리는 난생처음의 아침과 만난다. 그래서 우리가 이번 생에 서툰 것은 어쩌면 당연한 일이고, 우리가 저지르는 실수 역시 어쩔 수 없는 일인 경우가 많다.

기억하자. 우린 모두 이번 생을 처음 살고 있다는 것을.

세상일이라는 게 생각대로 되지 않는다. 앞뒤로 깔끔하게 떨어지는 일은 거의 없다. 의외로 주먹구구식으로 이루어진다. 더 알려고 할수록 알쏭달쏭 모호해지는 것이 세상일이다. '삶에는 정답이 없다'라고 하는 이유도 이 때문이 아닐까.

때론 맞는 것 같은데 아니고, 아닌 것 같은데 맞는 것, 그게 세상일이다.

하나의 일이 생기기까지는 수십, 수백 개의 일이 일어나야 한다. 말 못 할 사정이 있다는 건 바로 이 말이다.

나에겐 당신에게 단 몇 마디 말로 설명할 수 없는 복잡한 사연과 상황이 있다. 내 앞에 앉아 있는 당신도 마찬가지라는 걸 이젠 안다.

"사람은 누구나 자기를 불쌍히 여겨 줄 곳이 단 한 군데라도 있어야 한답니다." 도스토옙스키는 이 한 문장을 설명하기 위해 『죄와 벌』이라는 기나긴 소설을 썼는지도 모른다.

그러니까 신중할 것.
이해하기 위해 애쓰고, 존중하도록 노력할 것.
때론 모른 척할 것.

꽃향기가
나를 데리고 온 곳

봄비가 내렸고 벚꽃이 만개했다.

 신을 믿지는 않지만, 꽃이 피는 걸 볼 때면 신이 분명
존재하고 있어, 세상만사에 관여하고 있다는 생각이 든
다. 자, 이제 인간 세상에 꽃이 피도록 해볼까 하고 손가
락을 탁, 튕기는 것이다. 그게 아니라면 딱딱한 나뭇가지
에서 이토록 부드럽고 아름답고 향기로운 것들이 어떻
게 솟아날 수 있는 것일까. 아무래도 꽃은 신이 자신이
존재한다는 걸 인간이 알아채게 하기 위해 만들어 낸 것
같다.

 살아갈수록, 계절이 오고 가는 것이 신기하게만 느껴
진다. 계절은 어떻게 와야 할 때를 알고 어김없이 찾아
오는 것일까.

 작업실 가는 길에 벚나무 한 그루가 있다. 딸아이가
유치원에 다닐 때, 유치원에 바래다주고 돌아오며 이 나
무 앞에 가끔 서곤 했다. 아이를 바래다주고 돌아오던

길, 벚꽃이 피었을 때면 눈을 감고 꽃향기를 맡곤 했는데…… 그 찬란한 향기를 힘껏 따라가다 보면 나의 발걸음으로는 도저히 닿을 수 없는 어떤 아득한 장소에 갈 수 있지 않을까 생각하며 말이다.

벚꽃 향을 맡던 그 봄에서 조금 멀리 왔다. 나무는 어느새 가지가 굵어졌다. 살아오며, 살아간다는 의미 같은 건 글쎄, 가끔 생각했던 것도 같다. 물론 찾지는 못했지만 말이다.

이젠 의미 같은 건 생각하지 않는다. 우리가 겪는 행운, 기쁨, 슬픔, 불행은 우리가 잘 못해서 오는 것이 아니라 그냥 오는 것이라는 것을 알게 됐으니까. 그러니까 우리가 할 수 있는 일은 그것들을 어떤 방식으로 받아들이며 사느냐의 문제라는 것을 깨닫게 됐으니까.

사노 요코 여사가 이렇게 말했다. "언제 죽을지 모르지만, 지금은 살고 있다. 사는 동안은 살아가는 것 말고는 달리 없다. 산다는 건 뭐냐. 그래, 내일 아라이 씨네로 커다란 머위 뿌리를 나눠 받으러 가는 거다. 그래서 내년에 커다란 머위가 싹을 낼지 안 낼지 걱정하는 거다. 그리고 조금 큰 어린 꽃대가 나오면 기뻐하는 거다."

삶의 의미를 고민하는 일은 사실 별 의미가 없는 것인지도 모른다. 일, 여행, 사랑…… 끊임없이 문제가 닥치고 그걸 해결하며 사는 일, 그게 삶이다.

그 옛날, 꽃향기를 맡으며 꿈꾸었던 아득한 장소가 오늘 여기인지도 모르겠다.

매화가 졌나
벚꽃이 피었나

오래된 중국집에 갔다.

바닥이 따뜻한 방에 앉아 군만두와 양장피, 고추잡채를 먹으며 빼갈을 마셨다. 고추잡채에는 고추가 없었고 만두는 피와 소 사이가 넓었다. 짜장면에는 고춧가루를 듬뿍 넣고 비볐다.

2월 어느 밤이었다.

중국집을 나와 각자의 집으로 돌아갔다. 누군가는 전철로, 누군가는 택시로.

나는 버스를 탔다. 한밤중 자유로를 따라 가로등 아래를 달리는 기분이 좋았다. 멀리 일산 아파트의 불빛들이 희미하게 깜빡였다.

몇 개의 문장을 떠올랐지만 메모하지 않았다.

좋은 문장들은 언제나 차창 밖으로 흩어진다.

운전을 하며 여의도 근처를 지날 때도, 부탄의 산길을 비틀거리며 오를 때도, 북극으로 가는 얼음 가득한 도로 위에서도, 인생의 문장은 언제나 창밖으로 스쳐 지나갔다.

내가 놓친 문장 만으로도 한 권의 책을 썼겠지.

뺨을 스쳐 가는 가로등 불빛을 느끼며 나는 이만큼의 저녁으로도 충분히 행복해지는 사람이구나 하고 생각하며, 이 문장만은 그래도 기억해야지, 기억해야지 다짐했다.

집으로 돌아와서는 두부 반 모를 앞에 놓고 맥주를 마시는데, 도쿄를 홀로 여행 중인 아들에게 메시지가 왔다. 여행이 생각보다 힘들어. 여행이 힘들면 삶은 또 얼마나 힘들 텐가. 아빠는 그 힘든 일을 이십 년 동안 해왔어. 이렇게 말할까 하다가 그만두었다.

여행은 의무가 아니야, 그냥 즐겨.

하지만 이 말을 이해하기엔 아들은 너무 젊다.

인생의 어느 순간, 별안간 청춘이 끝났다는 것을 알게 된단다. 인생을 더 즐기지 못한 것, 오직 그것만이 후회가 된단다.

행복과 즐거움은 멀리 있지 않다. 주방과 사무실과 매일 출근하는 거리 위, 중국집의 방 한구석, 집으로 돌아가는 저녁의 가로등 아래, 일요일 오후의 공원 근처에 있다. 우리가 대부분의 일생, 우리가 '평생'이라고 부르는 그 하루하루들을 보내는 그곳에 있다.

하지만 그렇게 많이 있지는 않고, 게다가 크기도 아주 작아서 발견하기 힘들다. 그것들은 우리가 잠시 비틀거리는 사이, 길을 잃고 헤매는 사이 눈에 들어온다.

그것마저 발견하는 사람은 많지 않고, 우리가 그것을 가지러 가는 사이 사라지기도 한다.

김광석을 들으며 남은 맥주를 마저 마셨다. 행복한 하루였다.

맛있는 음식을 먹으며 곧 떠날 여행에 관해 이야기했으니까.

여행이 힘들다는 걸 아들이 알게 됐으니까.

창문을 열었다. 밀려오는 밤공기가 뭉클했다.

며칠 후면 삼월이 될 것이고, 봄이 다가와 있을 것이다. 봄이 오면 창문을 열고 맥주를 마시는 밤이 잦을 것이다.

매화가 졌나, 벚꽃이 피었나, 내게 남은 봄은 얼마나일까, 궁금해하면서 말이다.

뭉게구름 아래
회고주의자로 앉아서

책상 서랍을 정리하다가 라오스 지도를 발견했다. A4지
크기의 지도는 세 번 접혀 있었다. 접혔던 부분이 하얗
게 탈색되어 있었다. 지도에는 몇 개의 화살표가 그려져
있었는데, 지금은 그게 무얼 뜻하는지 도통 모를 일이
다. 문득 무심하게 짖어대던 게스트하우스의 검은 개가
떠올랐다.

지난날은 어디에 숨어있다 문득문득 나타나 나를 가
난한 사람으로 만드는 것일까. 만나고 싶어도 만나지 못
하는 사람은 어쩔 수 없는 일이지만, 가고 싶은 곳으로
가고 싶을 때 가지 못하는 것이 나이가 들수록 가난이다.

지나왔던 그 길들을 다시 가볼 수 있을까. 매미 소리
가 시작되면 나는 회고주의자가 된다. 어느 날의 아득했
던 구름과 빗방울이 내려앉던 바다, 햇빛이 쏟아지던 여
름날의 창가, 찬란한 별자리 아래 반짝이던 당신의 이
마. 그 순간들을 다시 만날 수 있을까. 시간은 1초에 1초
씩, 1시간에 1시간씩, 하루에 하루씩 앞으로 나아가는

데, 지난날 음악 같은 장면들은 쏜살처럼 뛰어와 품속으로 더럭 안긴다.

뭉게구름이 번지는 오후의 그늘에 앉아 된장국에 밥을 말아 먹고 있다. 시계를 보니 일요일이다. 한때는 국적 없는 구름의 족속, 주소 없는 바람의 일원으로 살았던 적이 있었지만, 지금은 그늘 아래 독서가 일이다. 지도는 다시 접어 서랍에 넣었다.

가고 싶은 곳이 없는 나는 그늘 아래 기다리리. 옛일들이 오는 방향을 바라보며 앉아 있다가 그것들이 꼬리를 흔들고 오면 맞아들이리. 반갑지 않은 척, 무심한 척 턱을 쓰다듬으면 느티나무는 매미 울음으로 번성하겠지. 옛일들은 가끔 옛사람들을 데려오기도 할 테니까, 오늘은 그늘 아래 회고주의자로 앉아있다가 저녁까지 먹어야겠다.

좋은 인생에 대해
물어 온다면

지금까지 나는 아마도 3,000권 정도의 책을 읽지 않았을까, 적어도 500,000킬로미터 정도를 여행한 것 같다. 약 40,000매가량의 원고를 쓰지 않았을까 싶다. 몇 컷의 사진을 찍었는지는 모르겠다. 약 3,000번의 약속을 했는데, 그 가운데 150번 정도는 지키지 못했을 것 같다.

돈을 얼마나 벌었을까. 모르겠다. 분명한 건 많이 벌지 못했다는 것이다. 크게 아팠던 적은 없다. 딱히 기억에 남는 이별은 없다. 계절이 오고 가듯 인연도 자연스럽게 오고, 갈 때는 점점 희미해지다가 마침내 떠나간다고 생각한다.

떠난 사람을 웃으며 다시 만나고 싶은 생각은 없다. 지나고 보니 모두 사소한 인연이다.

사고 싶은 것은 많았으나 사지 못한 것이 더 많았다. 하지만 별로 아쉽지는 않다. 지금 생각해 보면, 그것들이 내 인생에 그렇게 꼭 필요한 건 아니었다. 지금 사야 할 것이 몇 가지 있지만, 그것이 갖고 싶다는 건 아니다. 어른은 필요한 것과 갖고 싶은 것을 구분할 줄 안다. 우리가 보내는 대부분의 시간은 의지와 집념이 아니라, 필요에 의해 굴러가니까.

앞으로는 글쎄…… 조금 더 여행을 다녔으면 좋겠다. 웬만하면 비즈니스 클래스를 이용하고, 좋은 호텔에서 묵고 싶다. 저가 항공과 게스트하우스는 이젠 사양하고 싶다. 해외에서 오랫동안 머물며 글을 써보고 싶은데, 지금 저질러 놓은 일 때문에 몇 년 동안은 힘들 것 같다.

더 나이가 들어서는 제주도에서 살고 싶다. 가끔 반가운 손님이 찾아오면 직접 뜬 회를 내주며 말이다. 제주도까지 나쁜 일이 쫓아오진 않겠지. 인생에서는 기쁜 일이 생기고 좋은 사람을 만나는 것보다, 나쁜 일이 생기지 않고 나쁜 사람과 맞닥뜨리지 않는 것이 더 중요하다.

우리 인생에 좋은 일이 이미 많이 일어났겠지만 우리

가 그걸 몰랐을 뿐이고(그래도 괜찮다), 좋은 사람은 우리에게 이미 많은 도움을 주었지만 그것 역시 우리가 모르고 지나쳤을 뿐이다(그것도 괜찮다. 우리 역시 다른 이에게 좋은 일을 했을 테니까). 하지만 나쁜 일은 우리 인생을 나쁜 곳으로 몰고 가고, 나쁜 사람은 반드시 함정을 파고 해악을 끼친다.

어느 오후 부산 사직구장에서 맥주를 홀짝이며 자이언츠의 경기를 보고 싶다. 그러고 보니 나는 지금까지 그런 시간을 무척이나 갖고 싶어 한 것 같다. 지금 누군가 내게 '좋은 인생이란 무엇일까요?'하고 물어온다면, 나는 이렇게 대답할 것 같다. 초여름 어느 오후, 사직구장의 1루 쪽 외야에 앉아 시원한 맥주를 마시며 자이언츠의 경기를 보는 일이 아닐까요. 이기고 지는 것엔 관심이 없어요. 마감은 이미 끝냈으니까요.

경기가 끝나면 야구장 근처 길모퉁이에 있는 술집에서 맥주 한 잔을 더 마시는 거다. 어느새 밖은 조금씩 어

두워지고 있겠지. 나는 깨끗하게 비운 맥주잔을 탁자에
내려놓으며 이렇게 중얼거리는 거지. 졌지만 그럭저럭
괜찮은 경기였어.

그러면 그때 하면
되는 거고

어느 날 동료 여행작가가 내게 물었던 적이 있다. "취미가 뭐예요? 일을 하지 않을 땐 주로 뭘 하며 시간을 보내요?" 음, 뭘까……? 한참을 고민했지만 결국 대답하지 못했다. 가끔 그의 페이스북을 들여다보는데, 그는 멋진 오토바이를 타고 전국을 누비고 있다.

내가 좋아하고 즐기는 것에 대해 오랫동안 생각해 보았는데, 딱히 별다른 게 없다는 것으로 결론이 났다. 영화를 좋아하지만, 극장에는 일 년에 두세 번 정도 간다. 주로 넷플릭스를 본다. 특별히 하는 운동도 없다. 골프를 치지도 않는다. 건강 관리 차원에서 요가나 테니스를 해보고 싶지만 귀찮다는 생각에 미루고 있다. CD나 LP를 사 모으지도, 오디오에 탐닉하지도 않는다. 이어폰을 끼고 클래식 FM을 들으며 책을 읽거나, 자유로를 따라가며 오아시스나 바흐, 임윤찬을 듣는 게 전부다. 그림도 알지 못한다. 하지만 가끔 전시회는 보러 간다. 피규어를 모으지도 않는다. 쇼핑은 질색이다. 이십 년 동안 여행 작가로 살아왔지만 집에는 기념품이나 조각 하나

없다. 여행 가서 사는 건 와인과 올리브 오일 딱 두 가지다. 내게 필요한 건 인터넷 쇼핑몰에 다 있다. 패션에는 전혀 관심이 없다. 티셔츠에 청바지, 운동화면 된다. 덕질을 하지도 않는다. 여행은 취재 의뢰가 들어오면 간다. 사진 역시 일부러 찍으러 다니지는 않는다. 언젠가 작업해 보고 싶은 주제가 있지만 지금은 그럴 때가 아니다. 지금 사용하고 있는 카메라는 8년 전 모델이다. 35mm 렌즈를 달고 있다. 자동차에도 관심이 없다. 아주 오래된 차를 타고 있는데, 별 탈 없이 그럭저럭 잘 굴러가는 데다 정비소 아저씨가 아직 몇 년 더 타도 되겠다고 하길래 그냥 탄다. 그 차는 내가 원하지 않는 곳에 데려다준 적이 한 번도 없다. 와인을 좋아하지만 맛은 잘 모른다. 소비뇽 블랑이면 좋다. 가끔 음식에 관한 글을 쓰지만 맛에도 젬병이다. 외식을 그다지 좋아하지 않고 웬만하면 집에서 만들어 먹으려고 하는데, 그렇다고 요리를 잘하는 것도 아니다. 자수나 뜨개질도 하지 않는다. 열렬히 응원하는 프로팀도 없다. 손흥민이 토트넘에서 뛰고 있다는 걸 아는 정도다. 물론 월드컵 같은 건 챙겨 본다. 자이언츠를 응원하고 있지만 몇 위인지는 모른다.

흔히들 그 사람의 취향이 곧 그 사람이라고 하는데, 이렇게 써놓고 보니 나는 아무런 취향이 없다. 나는 어떤 사람일까? 나는 지금까지 어떤 인생을 살아온 것일까? 이런 질문 앞에서 예전에는 마음이 아주 심란했겠지만 지금은 솔직히 아무런 느낌이 없다. '아, 이런 게 나란 인간이구나'하고 받아들인다. 어쩔 수 없는 일이다. 지금 와서 영화 평론을 쓰겠다고 나설 수도 없는 일이고 황학동을 돌아다니며 CD며 LP를 사 모으는 수고를 하고 싶지는 않다. 다행히 주위에 맛있는 식당과 와인을 잘 아는 인간들이 몇 있어 그들의 뒤를 졸졸 따라다니며 잘 먹곤 하는데 그걸로 충분히 만족한다. 오디오에 빠진 이들도 몇 있는데, 옆에서 보니 그것도 여간 피곤한 일이 아니라는 걸 알고서는 깨끗하게 접었다. 어쩌면 뭔가에 빠진다는 건 상당한 피곤을 감수해야 하는 일인지도 모른다. 요가, 테니스, 골프는 언젠가 하게 될 날이 오겠지. 그러고 보니 나는 특별한 취향이 없지만 별걱정 없이 그럭저럭 잘살고 있다. 버트런드 러셀 영감이 "행복한 인생이란 대부분 조용한 인생이다"하고 말했는데 그 말에 동의한다.

왜 사는 것인가, 어떻게 살아야 하는 것인가 하는 의문을 품지 않는 나이가 됐다. 뭔가를 억지스럽게 하고 싶지는 않다. 지금까지 살아온 인생을 매끄럽게 유지해나가고 싶다. 나는 지금 바람을 타고 2만 피트의 상공을 기분 좋게 날아가고 있다. 훗날, 어느 활주로에 내려 손바닥을 탁탁 털며 "고생했어, 나쁘지 않은 비행이었어"하고 스스로에게 말해주고 싶다. '발단-전개-위기-절정-결말'보다는 '발단-전개-전개-전개-결말'이 좋은 것이다. 어제 넷플릭스에서 영화를 보는데, 주인공이 자신에게 이렇게 물었다. "어렸을 때 지금처럼 되고 싶었을까?" 나는 그에게 이렇게 대답했다. "당연히 아니지. 하지만 그렇다고 지금 인생이 영 바닥인 건 아니잖아. 다들 그렇게 살고 있어." 이렇게 생각하며 소비농 블랑을 홀짝였다.

살다 보면 뭔가 하고 싶은 게 생기겠지. 그런 날이 오겠지. 그러면 그때 하면 되는 거고.

당신에게
소용 있는 사람이 됐습니다

저는 단점 혹은 약점이 많은 인간입니다. 가장 큰 단점은 우유부단한 성격이 아닐까 싶습니다. 결정을 쉽게 내리지 못하거든요. 조금 충동적이기도 합니다. 이게 과연 필요할까, 생각지도 않고 덜컥 사버릴 때가 있습니다. 물론 나중에 후회하죠. 거절을 잘하지도 못합니다. 나중에 끙끙 앓으며 후회하는 경우가 많습니다. 아무튼 저는 단점이 많습니다.

그렇지만 꽤 쓸만한 점도 있답니다. 저 스스로 말하기에는 좀 쑥스럽지만 한 가지만 말하자면(쑥스럽네요), 뭐, 아무튼 몇 가지 장점이 있습니다(차마 말을 못하겠네요).

당신 역시 단점이 많을 겁니다. 저와 마찬가지일 거예요. 결단력이 있지만 때때로 서두르다가 일을 그르치기도 할 겁니다. 집중력이 뛰어나지만 인내력이 없을 수도 있어요. 그래도 당신은 장점이 더 많은 사람이라는 걸 저는 알고 있습니다. 섬세하면서도 인내심이 강하죠. 상대방의 잘못을 모른 척 넘어가 주는 너그러움도 가지고 있습니다. 제가 당신을 좋아하는 이유이기도 하죠.

예전엔 단점을 받아들이기 참 힘들었습니다. 어떻게든 고치려고 노력했죠. 그리고 감추기에 급급했습니다. 지금은 그러질 않습니다. 살아오면서 완벽하고 완전한 것은 없다는 걸 알게 됐으니까요. 단점과 약점, 결점은 고치고 감추는 게 아니라 장점과 매력으로 덮는 것이더 군요. 그래서 단점은 '들추는 것'이라고 하나 봅니다.

세상은 혼자 사는 게 아닙니다. 단점을 보이고 폐를 끼치고, 도움을 받고 나중에 그 신세를 갚기 위해 노력하고, 누군가의 실수를 모른 척 넘어가며, 때론 자신을 희생하는 것이 삶의 기본 원리죠. 우리는 무결한 존재가 아닙니다. 내가 가진 단점과 약점 역시 저의 일부분이며, 그것까지 자신의 삶 속으로 끌어들여 품어안을 때야 비로소 온전한 삶이 이루어지는 게 아닐까 싶습니다. 살다 보니, 순순한 인정과 홀가분한 체념이 필요하더군요.

단점을 고치는 것도 좋지만, 장점을 더 살리는 게 맞

지 않나 하는 생각이 듭니다. 사람으로 태어난 이상, 단점은 없을 수 없다는 것을 인정하고, 장점을 키우기 위해 노력한다면 우리는 더 매력 있는 사람이 될 수 있을 겁니다. 단점 정도는 아무것도 아닌 것으로 보이게 하는 그런 사람 말입니다.

당신이 완벽했다면 저는 당신을 좋아하지 않았을 수도 있습니다. 당신을 차갑고 냉정한 사람으로만 생각했을 수도 있습니다. 저는 당신의 단점이 좋아요. 그 단점과 약점 때문에 제가 당신 옆에 있어야 하는 필요를 느끼니까요. 당신의 단점과 약점이 저를 당신에게 소용 있는 사람으로 만들었습니다.

당신의 단점과 제 약점 사이에는 '위로'라는 단어가 있습니다. 그 단어는 우리가 서로를 감싸고 이해하려는 과정에서 생겨난 것이랍니다.

인생은 때론 맛있는 우동 한 그릇의
문제일 때도

문득 자신이 늙었다는 걸 알게 되는 순간이 온다. 눈가의 주름을 발견했을 때, 모니터의 글자가 잘 보이지 않을 때, 초록색 등이 반짝이는 신호등을 뛰어서 건너가기를 포기할 때 등 어떤 순간일 수도 있고, 새로운 것을 이해하지 못할 때일 수도 있다.

나는 지금 목욕탕의 따뜻한 물에 몸을 담그고 눈을 감고 느긋한 기분을 즐기고 있다. 이 순간도 늙었다는 걸 알게 되는 순간 가운데 하나다.

따끈한 물속에 누워 '목욕탕을 나가서는 우동 한 그릇을 먹어야겠다'라고 생각한다. 진한 가쓰오부시 육수에 유부 튀김과 김 가루가 넉넉하게 올라간 우동 말이다.

곧 봄이 올 것인데, 봄에는 목욕을 마치고 우동을 먹는 이 기분을 제대로 느낄 수 없다. 목욕탕과 우동의 조합은 영하 3도에서 영상 2도 사이일 때 가장 좋다고 생각한다.

젊은 시절에는 소중한 것, 가치 있는 일이 먼 곳에만

있는 줄 알았다. 그래서 먼 길을 떠났다. 라오스와 붉은 흙먼지가 날리는 길을, 영하 27도 북극 근처를 갈라파고스의 망망대해를 헤매고 다녔다.

그 여행의 끝에서 나는 무엇을 얻었을까. 많은 걸 얻었으니 후회하지 않는다. 젊은 시절로 돌아가 그 여행을 다시 하라고 한다면 나는 기꺼이 다시 길을 떠날 것이다. 체력이 될 때만 할 수 있는 일이 있으니까.

젊은 시절에는 최대한 멀리 가보는 것이 좋다.

그렇지만 지금은 35도의 온탕에 몸을 담근 후 유부 튀김이 올라간 우동을 먹는 일이 먼저다. 갈라파고스도 좋고, 북극도 좋지만 그건 젊은 시절의 일이다. 지금은 멀고 먼 길을 돌아 추억은 희미해지고, 육체는 사라지며, 어차피 후회만 남는 것이 인생이라는 것을 알게 됐다.

어제 백신을 맞고 온몸이 아팠는데, 아프면서 내가 있다는 걸 알았다. 아, 내겐 내가 있었구나. 앞으로는 나를 더 소중하게 여기고 살아야지. 침대에 누워 천장을 바라보며 이렇게 다짐했다.

오늘은 목욕탕 천장에 맺힌 물방울을 바라보고 있다.

좋은 인생이란 무엇일까?

어떻게 살아야 할까?

더 좋은 사람이 되어야 하지 않을까?

이런 물음을 가지는 것도 좋지만, 목욕탕의 따뜻한 물
속에 몸을 담그고 떠올릴 만한 질문은 아닌 것 같다. 눈
을 감고서는 '그런 질문은 작년까지 열심히 했으니 올
해에는 그만하자. 좋은 인생이란 괜찮은 기분과 느낌 정
도 가지고 가면 충분하지 않을까?'하고 생각해 버린다.

내가 되고 싶었던 것이 되지 못한 것이 인생이고, 내
가 가지고 싶은 걸 가지지 못하는 것이 인생이다.

멀고 먼 길을 돌아와 이젠 이 사실을 알게 됐으니까 나쁘
지 않은 인생이군. 역시 헛되이 나이만 먹은 건 아니었어.

목욕탕 천장에서 물방울 하나가 이마 위에 똑 하고 떨
어져 내린다. 이제 우동을 먹으러 갈 시간이 됐군.

인생은 때론 맛있는 우동 한 그릇의 문제일 때도 있다.

짐작만으로도
뭔가를 알 수 있다는 것

단골 카센터를 찾았다. 엔진오일도 교체하고 냉각수도
보충했다. 지금 타고 있는 차는 2014년 형이다. 아주 오
래된 차다. 그래도 잘 다닌다.

카센터도 이십 년 단골이다. 결혼을 막 했을 무렵 카
센터 앞 빌라에 세들어 살았다. 큰아이는 유난히 자동차
를 좋아했는데, 두세 살 무렵부터 휴일이면 카센터 앞에
서서 수리를 받으러 온 자동차들이 들고나는 것을 구경
하며 놀았다. 리프트 위로 올라가 들어올려지던 자동차
를 바라보던 아이의 호기심 가득한 눈망울이 아직 선명
하게 기억난다. 주인아저씨는 아이의 손에 아이스크림
이나 과자를 쥐여주곤 했다. 그 동네에서 이사를 나왔지
만 아직 그 카센터를 찾고 있다.

지난주 찾았을 때는 주인이 바뀌어 있었다. "사장님
은 휴가 가셨나 봐요"하고 말했더니 주인아저씨가 갑자
기 몸이 안 좋아져서 가게를 넘기고 은퇴하셨다는 대답
이 돌아왔다. 자전거도 열심히 타시고 힘이 넘치던 분이

었다. 어디가 안 좋은지, 얼마나 아픈지 등 자세히 물어보지는 않았다. 물어보지 않아도 대충 짐작이 가니까.

"차는 아직 더 탈 만합니다." 새로 온 정비사 아저씨는 보닛을 닫으며 이렇게 말했다. 다행이군. 나는 지금 타고 있는 차가 좋다. 믿음직스럽다. 늙은 말처럼 숨소리가 거칠어질 때도 가끔 있지만 아직까지는 잘 달린다. 틀림없이 나를 목적지까지 데려다준다. 우리는 호흡이 잘 맞다.

엔진오일을 교체하고 냉각수를 보충하고 브레이크 패드도 바꾸고 집으로 돌아오는 길, 자동차는 바람을 잘 받은 범선처럼 기분 좋게 달렸다. 이삼 년은 충분히 더 탈 수 있겠구나 하는 생각이 들었다. 그리고 그때면 내 주위의 몇몇 사람들이 보이지 않겠지.

나이가 든다는 건 굳이 물어보지 않고 짐작만으로도 사정을 알게 된다는 것이고, 산다는 것은 그렇게 하나씩 없어지는 걸 겪는 것이다.

 몇 년 뒤 자동차를 떠나보내고 나는 착잡한 마음으로
우두커니 서 있겠지. 그래도 지금은 그러지 않아도 되니
까 다행이다. 지금 중요한 건 멈추지 않고 잘 달리고 있
다는 것이다. 나는 노면 상태를 주의 깊게 살피며 차를
몰았다.

사소한 것을 즐기고
지나치게 사랑하지 않는 한

살아온 날을 되돌아보니 후회가 많다. 그 후회는 크게
두 가지로 나뉜다. '그때 ○○을 했더라면'과 '그때 ○○
을 하지 않았더라면.' 이 말은 '인생은 어떻게든 후회를
남긴다'는 뜻으로 해석해도 될 것 같다.

　그러니까 잘 살았다는 건, 후회가 적은 인생인지도 모
르겠다.

　시간을 되돌려 인생의 처음으로 돌아가 다시 시작한
다면 같은 실수를 반복하지 않을 것 같지만, 글쎄 똑같
은 실수를 반복할 것 같다. 어제 저질렀던 오판과 실수
를 오늘도 태연하게 되풀이하듯이 말이다.

　그나마 다행인 것은 이런 시행착오를 거치며 마음이
조금은 너그러워졌다는 것이다. 여기에는 어느 정도 포
기할 줄 알게 됐다는 뜻이 포함되어 있다. 안 되는 건 아
무리 애를 써도 안 되는 일이고, 되돌릴 수 없는 마음은
다시는 되돌릴 수 없다. 예전엔 어떻게든 되게 하려고
애쓰고, 돌려보려고 노력했지만 이젠 어떻게 해봐도 안

된다는 것을 알기에 그냥 놓아준다. 아무렇지도 않다고
하는 건 거짓말이고 저만치 밀어 놓을 줄 알게 됐다. 보
일 듯 말 듯한 곳에 숨겨둔다는 말이다. 대신 지금 하고
있는 것을 잘하려고 한다.

과몰입과 집착은 몸과 마음에 좋지 않다는 것을 깨달
았다. 시간이 선물해 준 능력이라면 능력이다.

인생은 전자제품을 사는 것과 별반 다르지 않은 것 같
다. 더 좋은 제품이 나오겠지 하고 기다리다 보면 영영
사지 못한다. 막상 사고 보면 더 좋은 제품이 나와 있어
그것을 보는 마음이 쓰리고 아프다.

가장 좋은 제품은 내가 지금 산 제품이고 그 제품을
오늘 마음껏 사용하면 그게 가장 잘한 일이다.

오늘 나쁜 일이 생겼다면 내일은 좋은 일이 생기겠지.
오늘 좋은 일이 생겼다면 내일은 더 좋은 일이 생기겠
지. 우리를 낙심하게 만드는 일에 시간을 낭비하기에는
인생은 너무 짧고 세상에는 좋은 일들이 구석구석 숨어

있다. 오늘 편의점에서 무심코 집어 든 맥주가 너무나 맛있는 것처럼 말이다.

가장 좋은 인생은 다른 누구의 인생도 아닌 내 인생이고, 내가 누릴 수 있는 가장 좋은 날은 바로 오늘이다.

사소한 것을 즐기고 무엇이든 지나치게 사랑하지 않는 한 인생은 무너지지 않는다

그게 딱
걸리더라고

오랜만이었다. 친구들과 소백산 자락에서 텐트를 치고 놀았다. 십 년 만에 해보는 야영이었다. 코펠에 밥도 끓이고, 프라이팬에 고기도 구웠다.

별 아래 소주도 마시며 즐거웠던 시간.

그러는 사이 소나기가 왔다.

우리는 텐트 그늘막 아래에서 빗소리를 들으며 캔 맥주를 놓고 말 안 듣는 아이들과 가난과 각자가 몸에 지난 병과 먼저 간 친구들을 이야기하다가, 세상 너머에 대해 혹은 김광석과 들국화에 대해 잠깐 이야기를 나누다가, 결국엔 뭐 해 먹고 살까…… 숭고한 이 질문이 그늘막 아래로 스윽 하고 들어오기도 했다.

아, 벌써 시간이 이렇게 흘렀구나.

우리도 모르는 사이 세월은 흘러서 강물이 되어서 멀리 갔구나.

우리가 바위를 밀지는 못하지만 꽃 한 송이가 밀 수는 있지.

그걸 아는 나이가 되었으니 본전 생각은 나지 않는다.

시간을 지불하지 않는다면 어디서 이런 깨달음을 얻겠는가.

우리는 껄껄대며 캔맥주를 땄다.

___ 그래도 어떤 미련 같은 건 있지?

___ 좀 더 잘해 줄 수도 있었는데…… 하는 그런 마음
　　같은 거 있잖아, 그게 딱 걸리더라고. 다들 그렇지?

비 그치고 별이 떠서 옹색한 우리 마음을 비춘다.

우리는 소백산 어느 밤하늘 아래 뉘우치듯 앉아서.

당신 혹은 일요일,
다시 오지 않아 달콤한

일요일, 낮술을 마시고 잠들었다가 깨었다. 오래 잤나
보다. 어느새 노을이 지고 있다.

세상에서 가장 허망하고 슬프고 절망스러운 것이 일
요일 오후의 낮잠이다. 찬물 한 컵을 마시고 모카 포트
를 올리고 커피를 끓여 오사카에서 사 온 200엔짜리 녹
차 잔에 따른다. 비지스를 틀어 보지만, 덧없이 지나간
일요일 오후에 대한 아쉬움은 비지스도 어떻게 할 도리
가 없다. 조용히 월요일이 오기를 기다릴 뿐이다.

빈 커피잔을 싱크대에 두고 츄리닝에 운동화를 신고
밖으로 나간다. 사방에 봄이 가득하다. 저녁 공기는 몽
클하고 발등은 따뜻한 저녁 빛으로 물든다. 목련과 벚
꽃은 졌지만 개나리는 아직 노랗다. 산책은 생을 즐기는
가장 싼 방식이고 여행은 생에 대한 불평을 쏟아내는
가장 비싼 방식일지도 모르겠다.

집에서 도서관이 가깝고, 도서관 옆에 제법 울창한 숲

이 있다. 떡갈나무, 갈참나무로 가득하다. 가을이면 복숭아뼈까지 낙엽이 쌓인다. 도서관에 책을 반납하러 가다가 가끔 이 벤치에 앉아 오래도록 베토벤이나 슈베르트를 듣곤 한다. 오늘은 어둑해서 벤치를 지나쳤다.

집을 나온 산책은 도서관을 지나 근처 초등학교까지 이어진다. 산책을 할 땐 뒷짐을 지는데, 누군가가 이렇게 하면 허리와 어깨가 펴진다고 했다. 그 말을 들은 뒤로 뒷짐을 지고 걷는다. 초등학교 근처에 작은 분식집이 있다. 당면을 넣은 군만두와 김밥이 맛있다. 당근을 볶아 넣어서 좋다. 김밥 한 줄을 담은 비닐봉지를 들고 돌아가는 길, 일요일이 저물고 있다. 어느새 그림자가 희미하다.

사람은 죽어서 어디로 가나.
사람은 죽는 것이 아니다.
그림자처럼 서서히 희미해지고, 일요일처럼 천천히 저물어 가는 것이다.

가로등 앞에서 뒷짐을 지고 걸음을 잠깐 멈춘 사람이 있다. 밟으면 슬며시 삐걱거리는 마루도 가지고 싶었고, 마당에는 백일홍을 심었어야 했는데…… 슈베르트를 걸어놓고 마루에 앉아 백일홍을 바라보고 싶었는데…… 잠깐 낮잠을 잔 것뿐인데…… 일요일이 다 갔군 하고 후회하는 사람.

인생을 잊기 위해 당신을 만났는데 이제는 당신을 잊기 위해 남은 생을 살고 있는 사람.

당신 혹은 일요일 같은 것들…… 다시 오지 않는 것들이 삶을 이렇게 달콤하게 만드는 것이다.

안 그런
척할 뿐이죠

별로 웃기지도 않은데 일부러 웃다 보면 진짜로 웃게 되고, 맛없는 음식도 맛있는 척하고 먹으면 진짜 맛있어진다고 합니다.

슬픈 척하면 진짜로 슬퍼지는 것처럼 그 사람이 좋은 척, 그 사람이 좋은 척하기를 계속하다 보면 그 사람을 정말 좋아하게 될까요.

우린 모두 위태롭고 엉망이지만 조용히 숨기며 살고 있습니다. 평안한 척, 모든 게 잘 굴러가고 있는 척, 그럭저럭 견딜 만한 척하며 하루하루를 보내죠.

다들 외롭잖아요. 그렇지만 안 그런 척할 뿐이죠. 다들 그렇게 살아갑니다. 들키지 않고서. 가끔 운이 좋으면 실현이라는 걸 하면서요.

그런데, 척하는 건 도망간다는 것일 수도 있는데, 살다 보면 도망은 부끄럽지만 도움이 된답니다.

보이저호를
떠올리는 아침

보이저 1호와 2호는 44년 동안 우주를 여행하고 있다.
목성과 토성, 천왕성, 해왕성을 지나 태양계를 벗어났
고, 지금은 성간우주 공간(인터스텔라) 속을 날아가고 있
다. 현재 보이저 1호는 태양에서 약 227억 킬로미터 떨
어져 있고 보이저 2호는 약 188.7억 킬로미터 떨어져
있다고 한다.

'창백한 푸른 점'은 가끔 들여다보는 사진이다. 1990
년 보이저 1호가 태양계를 벗어나기 직전 명왕성 근처
에서 카메라를 지구 쪽으로 돌려 찍었다. 이 사진을 두
고 칼 세이건은 "우리가 아는 유일한 보금자리인 창백
한 푸른 점을 소중히 보존하는 게 우리의 의무임을 강
조한다"라고 말했다.

사진에서 지구는 새벽 무렵 창문에 붙은 먼지처럼 보
인다. 아니, 먼지보다 작다. 춥고 광활한 어둠 속에서 먼
지처럼 초라하게 떠 있는 별 지구. 이 별에서 우리는 울
고 웃으며 살아간다. 만약 보이저호에 사람이 타고 있었

다면, 그가 고개를 돌려 자신이 떠나온 별 지구를 바라보았다면, 그의 눈에 비친 지구가 먼지 한 톨보다 작았다면, 그는 어떤 마음이었을까. 그는 숙연했을 것이고, 그는 운명에 관해 생각했을지도 모른다. 아니면 감당하지 못할 허무함에 깊은 한숨을 내쉬었을까. 눈물을 글썽였을까.

보이저호의 전원이 거의 다 되었다고 한다. 2020년 플루토늄 핵전지가 수명을 다할 것으로 예상했는데 지금은 관측 장비의 전원을 하나씩 끄면서 2030년까지 수명을 연장하며 날아가고 있다. 보이저호의 모습은 죽음의 순간까지 깨달음을 얻고자 혹은 소임을 다하고자 안간힘을 쓰는 구도자의 모습을 떠올리게도 한다.

우리 생의 궤적도 보이저호의 그것과 별반 다르지 않은 것 같다. 젊은 시절, 그토록 아름답고 찬란하게 여겨지던 인생이 나이를 먹어가면서 점점 허무하고 덧없게만 느껴진다. 죽음을 향해 착실하게 나아가는 것, 그것이 인생의 본질일 지도 모른다. 보이저호가 자신의 몸을 하나씩 정지시키며 필사적으로 우주를 향해 나아가듯, 우리의 마지막 순간 우리 역시 필사적으로 이루고 지키고 싶은 것이 있을까. 있다면 그것은 무엇일까. 문득 고개를 돌려 뒤를 보았을 때, 우리는 숨 막히게 아름다운 별 지구를 보게 될까, 아니면 한 톨의 먼지처럼 희미한 점 하나를 보게 될까.

헤어짐 보다는
가스레인지 밸브를 잠그는 일

합천 취재 마치고 돌아오는 길, 충주 지났을 무렵이었
다. 뭔가 중요한 것을 빼놓고 왔다는 생각이 들어 목덜
미가 서늘했다. 옛날 같으면 차를 돌려 다시 돌아갔겠지
만, 그냥 가기로 했다. 뭐, 어떻게든 되겠지. 이삼 년 전,
취재하러 가는 길에 카메라를 깜빡 잊고 안 가져간 것
을 알고 양평에서 차를 돌린 적도 있었다. 요즘 부쩍 자
주 뭔가를 잊어버리고 잃어버린다.

조금씩 조금씩 포기해야 하는 것이 늘어난다. 그것들
은 아무리 애를 써도 어떻게 할 수 없는 일이라 굳이 붙
잡으려 하지 않는다. 뭔가 잘못되었다는 걸 알았을 때는
이미 많이 잘못되어 있을 때니까. 그 일을 원래대로 되
돌릴 수는 없다는 걸 아니까. 바로잡는 것보다는 포기하
는 것이 낫고 효율적이다.

동서울 톨게이트에 들어서자 도로가 막히기 시작했
다. 네 시간 전에 보았던 황강의 아름다운 풍경을 떠올
리며 클래식 FM을 틀었다. 슈트라우스의 왈츠가 흘러

나왔다. 푸른 하늘 아래 반짝이며 천천히 흘러가던 강. 모래톱은 봄빛에 하얗게 빛났는데, 눈이 부셔 손바닥으로 하늘을 가려야 했다. 모든 일에는 다 이유가 있지만 아름다움에만 이유가 없는 것 같아.

이제는 가스레인지 밸브를 잠그고 나서는 꼭 소리 내 말한다. 가스레인지를 잠갔어. 만남은 서로의 책임이고 그러니까 헤어짐도 각자의 일인 거지. 되돌릴 수 없는 일은 되돌릴 수 없는 일. 그런데 사랑도 이념도 중요하지만 이제 내겐 가스 중간밸브를 잠그는 일, 주황색 밸브의 손잡이를 왼쪽으로 돌리는 일이 더 중요하다.

서로에게 들키지 않고 서로를 향해 멀어지고 있던 봄 오후, 4분의 3박자로 흘러가는 왈츠에 합천의 일을 실어 보냈다. 인생의 미련을 떠내려 보냈다.

밤은 언제 와서
깜빡일 것입니까

새벽에 일어나 뉴스레터 원고를 쓰고, 밴드에 들어가 리추얼에 대한 피드백을 달고, 시나몬 롤 하나로 점심을 먹고 신사동에 미팅이 있어 운전을 해서 갔다. 한남대교 건너 신사동 접어들어 좌회전 두어 번 우회전 두어 번. 100미터 거리를 유턴을 하는 데 15분이 걸렸다.

미팅을 마치고 집으로 가다가, 얼마 전 받은 테이블 야자 화분이 생각나 사무실에 들렀다. 기분 탓인가, 잎이 약간 시들한 듯 보였다. 분무기로 물을 주었는데, 잎사귀 사이로 잠깐 무지개가 일었다.

집으로 와서 밥 먹을 기운도 없고, 입맛도 없고 해서 삿포로 캔맥주 하나를 따고 방울토마토와 함께 먹었다. 날이 어두워지려면 아직 멀었다. 해 지기 전까지 모네 화집이나 보아야지. 모네의 그림은 가르치려는 마음이 없어 좋군. 그나저나 테이블 야자에는 야자열매가 열리려나?

해가 어서 져야 잘 텐데. 그래야 잠자리에 들 수 있으니까. 모네는 제자리에 꽂아두고 해 지길 기다리며 손톱을 깎는다. 손톱이 조금만 길어도 신경이 쓰인다. 매일매일 글을 쓰게 된 이후 특히 그렇다.

잘려 나간 손톱이 책상 위에 초승달처럼 떠 있다. 티슈로 손톱을 쓸어 담으며 보이지 않는 이에게 묻는다.

밤은 언제 와서 깜빡일 것입니까.
이번 여행은 언제쯤 끝날 것입니까.
눈물은 언제쯤이나 마를 수 있는 것입니까.
내가 하는 일이 과연 아름다운 일입니까.

석 양
기 타

한 사내가 서 있다, 길게 담배를 물고 운다
　지평선 위 기타 소리가 붉고, 당신이 떠난 자리
　당신의 얼굴을 닮은 비가 내린다
　어둠이 짙어지고 강물은 차가워진다
　오늘이 지나면 기차는 기차의 모습을 잃어가겠지
　새들은 해변을 떠나겠지, 뚝 뚝 흔들리는 그림자
　한번 일어난 사랑은 돌이킬 수가 없더군
　무화과나무를 흔들고 있는 귓속말의 세월
　안 하면 이룰 수 없는 거야
　비는 구름이 죽는 방식이었어
　우리는 대개 버려지고
　기억할 만한 일은 꽃 한 줌의 부피만큼일 뿐인지도 모
른다
　사내는 교토 방향으로 돌아선다
　어깨는 남고 걸음은 비에 젖는다
　남은 생을 살기 위해 사랑을 거두고 술을 따른다

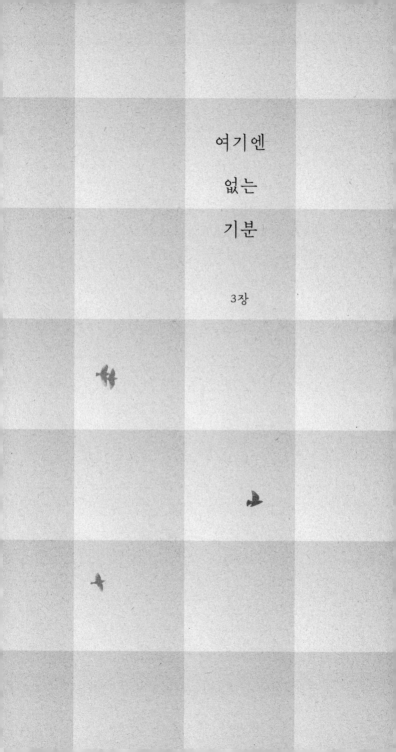

여기엔

없는

기분

3장

나는 어느 먼 곳으로
가려는 마음을 가지고 있을까

공원을 산책하다 만난 노랗게 물들어 가고 있는 한 그루 나무 앞에서 가을이 왔음을 실감한다. 발끝에는 사금파리 같은 햇살이 떨어지고, 그 눈부심에 발걸음이 자주 멈춘다. 담쟁이덩굴이 자라는 벽에서는 어릴 적 덮던 이불 냄새가 나는 것도 같다.

　곤충들이 붕붕거리는 날갯짓을 접고 집으로 돌아가는 시간, 나는 붉게 물들어 가는 서쪽의 언덕을 바라보며 서 있다. 잠시 동안만은 이 풍경 앞에서 모든 작동을 멈추고 흡족한 마음으로 바라만 보고 싶지만 가난한 표정은 이미 습관이다.

　그림자가 길어지고 있다. 공원에서 나와 집으로 돌아가는 건널목에 서 있다. 구름은 빠른 속도로 이동한다. 구름이 흘러가는 방향을 가늠하며 나의 일생은 왜 어딘가를 향해 필사적으로 떠나가야 하는 날들로 채워져 있을까 하고 생각한다. 그 사이 가로등이 켜지고 밤이 왔다.

의지. 나무는 잎을 떨어뜨리려는 의지로 서 있고, 구름은 지평선 너머로 가려는 의지로 흘러간다. 강은 바다로 가려는 의지로 하구로 향하고, 담쟁이덩굴은 온 세상을 덮겠다는 의지로 오늘도 악착같이 자란다. 내가 원한 것은 완벽한 사랑이 아니라, 당신에게 닿겠다는 의지였는지도 모른다.

여행은 출발한 곳으로 다시 되돌아가려는 의지다. 오늘은 내 삶의 의지에 대해 생각해 보는 시간. 나는 어느 먼 곳으로 가려는 마음을 가지고 있을까. 그 필사적인 행방이 문득 궁금해지는 밤이다.

포옹을 빼고 나면
인생은 아무것도 아니니까요

인생에서 무엇이 '리얼real'일까. 열심히 일하는 월요일부터 금요일까지가 리얼일까, 아니면 내가 하고 싶은 일을 하고 여가를 즐기는 토요일과 일요일이 리얼일까.

여행을 떠나서도 이런 질문을 던지곤 한다. 바쁘게 살아가는 생활이 내 삶의 리얼일까 아니면 반바지에 헐렁한 티셔츠를 입고 메콩강의 노을을 바라보며 얼음이 가득 든 맥주잔을 달그락거리고 있는 시간이 리얼일까.

한때 내 생의 리얼을 열심히 취재를 하고 좋은 사진을 찍고 좋은 원고를 쓰는 것이라고 생각했던 때가 있었다. 일과 성공이 언제나 삶의 맨 앞자리를 차지했다. 그러나 몇 년 전 체코 프라하 여행에서 내 삶의 리얼은 놀고 즐기는 것으로 바뀌었다. 뜻밖의 사건이 계기가 됐다. 프라하에서 부다페스트로 가는 야간열차 안에서 카메라 2대와 렌즈 4개가 든 가방을 도둑맞은 것이다. 그런데 몸이 홀가분해지자 여행이 즐거워지기 시작했다. 배낭에 따로 챙겨뒀던 똑딱이 카메라 하나만 들고 다니는 여행이 그렇게 즐거울 수가 없었다. 그때 깨달았다. 내 일의 리얼은 좋은 여행 글과 멋진 여행 사진을 찍는 것이 아니라 여행을 잘하는 것이라는 사실을. 내 일의 리얼은 여행 글과 여행 사진이 아니라 여행이었던 것이다.

쓰나미를 만난 적이 있다. 엄청나게 강한 지진이 났고 쓰나미 경보령이 내렸다. 내가 탄 배는 지진의 진원지에서 최대한 멀어지기 위해 거센 파도가 치는 바다를 달려야 했다. 배는 미친 듯이 흔들렸고, 손바닥만 한 창밖으로는 오직 넘실거리는 거센 파도만이 보였다. 나는 흔들리는 선실에 앉아 밤새 내 지나온 삶을 떠올렸다. 더 큰 아파트에서 살지 못한 것을, 더 비싼 자동차를 가지지 못한 것을, 더 좋은 사진을 찍지 못한 것을 후회할 줄 알았지만 그게 아니었다. 사랑하는 사람의 손을 더 잡아주지 못한 것이, 볼을 더 쓰다듬지 못한 것이 후회될 뿐이었다. 다행히 쓰나미는 오지 않았고, 아침 여섯 시 나는 수평선 너머로 찬란하게 떠오르는 태양을 볼 수 있었다. 바다는 언제 그랬냐는 듯 잔잔해져 있었다.

그 여행 이후, 나는 사랑하는 사람의 손을 더 자주 잡는다. 더 자주 사랑한다고 말한다. 오늘 내가 말한 사랑한다는 말이 마지막이 될 수도 있다는 것을 알게 됐으니까.

우리 인생의 리얼은 포옹이다. 포옹을 빼고 나면 인생은 아무것도 아니다.

사랑하기에
늦은 시간은 없다

봄이 시작될 무렵이었다. 곡성에서 출발해 섬진강을 따라 구례를 지나 하동에 닿는 2박 3일의 여행을 했다.

서울에서 출발할 무렵 내리기 시작한 비는 곡성을 지나 구례 화엄사 앞에 도착해서도 멈추지 않았다. 비를 핑계로 일찌감치 촬영을 접고 화엄사 앞 식당에서 산채 비빔밥을 놓고 막걸리를 마셨다. 그러니 좋았다.

오랜만에 듣는 빗소리였다. 비를 박수 삼아 홍매화가 더 만발하겠지. 빗소리는 물미역을 씻는 소리처럼 들렸다. 나는 막걸리 잔에 술을 부었다. 아, 올봄에는 꽃구경 한 번 제대로 못 했구나, 도대체 뭘 하며 사는지. 해마다 이런 푸념을 늘어놓으며 봄을 후회하곤 했는데 올해는 호사였다. 빗소리에 귓불이 흔들렸다. 절집 앞, 봄비 소리를 들으며 막걸리를 마시는 삼월의 사치.

구례 운조루 솟을대문 옆에는 산수유가 등불처럼 피어 있었다. 허리가 굽은 종부는 그 아래에서 손을 씻고 있었는데, 그는 산수유의 거룩한 영혼처럼 보였다. 나는 입장료 천 원을 내고 들어가 운조루를 천천히 돌아보았다. 천하제일의 명당, 그 마루에 앉아 무릎에 봄 햇볕을 쬐었고.

하동에는 늦게 도착했다. 산비탈을 따라 난 시멘트 길을 어렵게 올라가 어느 다원에 짐을 풀고 곯아떨어졌다. 새벽 잠결, 귓전에 졸졸 흘렀던 것은 섬진강 물소리였던가. 꿈결에 나는 물소리를 쫓아 어느 시절의 상류까지 올라가 뛰어놀았던 것일까. 자고 일어나니 복숭아뼈가 뻐근했다.

아침에는 차밭 사이를 걸었다. 상쾌하고 기분 좋은 봄 햇빛들, 햇빛 속에서 여려졌다 짙어지는 봄의 초록빛들. 다원 주인은 십여 년 전 하동으로 여행을 왔다가 섬진강 풍경에 반해 아예 이곳에 집을 짓고 눌러살게 됐다고 했다. 봄이 운명인 사람도 있다.

아담한 다실에서 그와 차를 나눴다. 주인이 직접 따서 덖은 차는 진하고 무거웠는데, 한 모금 마시면 강한 향과 맛이 오래오래 입에 남았다. 차는 세 번은 기본으로 우려 마시고 네 번째부터는 다식과 함께 마셨다. 잠깐 이야기를 나누다 주인은 뒤뜰에 정리할 것이 있다는 핑계로 일어섰다. 혼자 편히 차를 마시라는 배려겠지. 그가 잠시 문을 열고 닫은 사이 봄바람이 들어와 화병의 매화 가지를 흔들었다. 그 바람에 대출금 이자를, 이달에 챙겨야 할 집안 행사를, 미뤄 둔 약속 같은 것을 잠시나마 잊을 수 있었다.

취재를 마치고 집으로 돌아가는 길, 핸들을 잡은 손목이 시큰했다. 휴게소에서 파스를 사서 붙였다. 아, 내게 손목이란 게 있었지. 요즘 부쩍 내 몸에 붙은 것들을 진하게 느낀다. 손목이며 허리며 발목이며 무릎이며 손가락 같은 것들. 올해 초에는 모니터용 새 안경을 맞췄다. 눈이 많이 나빠져서 모니터의 글씨가 잘 보이지 않았다. 언제부터인가 가까운 것들이 흐릿하게 잘 안 보였는데,

안경을 쓰니 거짓말처럼 선명하게 보였다.

　이제는 가까이 있는 것들을 잘 챙겨야 할 때라는 사실을 깨달았다. 언제나 옆에 있겠지 하고 당연하게 여겼던 것들이 하나둘씩 떠나가고 있다. 그것들의 뒷모습을 바라보며 옹색한 표정으로 서 있을 때가 자주 있다. 서둘러 잡아보려고 하지만 이미 늦은 뒤다.

　잊고 살다가, 사라지려 할 때만 알게 되는 것들. 한 번 가면 다시 돌아오지 않을 계절, 지금 즐기지 못하면 어쩌면 앞으로 영영 즐길 수 없는 향기, 아이의 손 같은.

　앞으로 가질 수 없는 것들은 어쩌면 영원히 가질 수 없을지도 모른다. 가진다면 운이 좋은 것이다. 동서울 톨게이트를 지나며 구례와 하동에서 맡았던 매화향을 힘껏 떠올렸다. 사랑하기에 늦은 시간은 없다.

영원히 살지 못해
사랑을 하는 거죠

누군가가 물었다. "어디에 돈을 쓸 때가 가장 기쁜가요?" 나는 대답했다. "저한테 돈을 쓸 때 가장 기뻐요." 가만...... 나한테 돈을 쓴 게 뭐가 있지? 내가 돈을 쓰는 곳은 옷가지 몇 벌 사는 것과 와인이 전부다. "나를 위해 돈을 쓰고 싶다면 어디에 쓰고 싶으세요?" 그가 다시 물었다. 나는 이렇게 대답했다. "제주도에 가서 바다가 보이는 곳에 살고 싶어요. 오피스텔이면 좋겠어요. 걸어서 갈 수 있는 거리에 마트와 치과가 있으면 더 좋고요." 단독주택이나 돌집, 바닷가 가까운 집보다는 오피스텔이 좋다. 그리고 고층이어야 한다. 그냥 편했으면 좋겠고, 바다를 볼 수 있어야 하니까.

비 그친 아침, 레터를 보내고 냄비에 물을 끓인다. 라디오에서는 제주로 떠난 어느 여가수의 노래가 흘러나온다. 노래를 듣다가 '잊기 위해 떠난다는 말은 죽어도 잊지 못하겠다는 말'이라고 포스트잇에 네임펜으로 꾹꾹 눌러써서는 냉장고 문에 붙였다.

오늘 날씨는 꽃샘추위. 어제 내린 비로 벚꽃이 많이 졌다. 오늘은 새로운 계약서를 써야 한다. 큰 구름 하나가 옥상 위에 둥둥 떠서는 물러가지 않는다. 나는 갖고 싶은 것이 별로 없다. 냄비에 물이 끓어 도시락으로 싸갈 계란 두 개를 국자에 담아 깨지지 않게 넣고는 양배추즙 하나를 짜서 마신다.

시인 김종삼은 「올페」라는 시에서 이렇게 썼다. "올페는 죽을 때 나의 직업은 시라고 하였다. 후세 사람들이 만든 얘기다. 나는 죽어서도 나의 직업은 시가 못 된다. 우주복처럼 월곡月谷에 둥둥 떠 있다. 귀환 시각 미정."

새벽에 일어날 때마다 인생은 왜 이다지도 긴 것인가 하고 생각할 때가 있다. 해 질 무렵, 공원의 벤치에 앉아서는 왜 세월은 화살처럼 빠른가 하며 한숨을 쉴 때가 있다. 나는 돈을 어디에 쓰고 싶은 거지? 내가 갖고 싶은 건 뭐지? 나는 죽을 때 나의 직업을 뭐라고 할까, 여행이라고 할까? 사랑이라고 할까?

다시 비가 내린다. 보글거리는 빗소리와 물 끓는 소리를 가만히 듣고 서 있는 사월의 아침. 세월이 덧없어 불켜진 술집을 찾아 나서고, 영원히 살지 못해 사랑을 한다. 포스트잇에 이렇게 적어서 냉장고 문에 붙인다.

바닥에 놓인
빈 트렁크를 본 후

여행에서 가장 좋아하는 순간은 시차 적응이 안 된 부스스한 눈으로 아침에 일어나 호텔 창문을 열었을 때다. 처음 보는 지붕과 거리, 디자인이 다른 자동차들과 낯선 스타일의 옷을 입은 사람들이 지나간다. 창밖으로 펼쳐지는 이국의 풍경. 아, 나는 여행을 떠나온 거야.

지금까지 여행을 하며 수많은 호텔에 묵었다. 믿기지 않겠지만, 같은 호텔에 묵은 적이 단 한 번도 없다. 15일 일정 동안 호텔이 매일 바뀐 적도 있다. 아침마다 트렁크를 다시 싸는 게 고역이지 않나요, 하고 묻는 분들이 많은데 사실 별로 귀찮지는 않다. 그럭저럭 요령이 생겨 트렁크를 거의 풀지 않고도 하루 이틀쯤은 불편함 없이 지낼 수가 있다.

한때 같은 호텔에 오랫동안 머물며 느긋하게 지내보는 것이 로망일 때도 있었다. 트렁크의 옷을 다 꺼내어 호텔 옷장에 보기 좋게 정리하는 것이다. 재킷과 티셔츠, 바지 등을 옷걸이에 반듯하게 걸고 속옷과 양말 등은 서랍장에 차곡차곡 넣는다. 노트북은 책상에 올려두고 각종 케이블과 충전기도 가지런하게 정리해 둔다. 텅빈 트렁크는 문 앞에 주인의 지시를 기다리는 셰퍼드처럼 믿음직하게 서 있다.

딱 한 번 이래봤던 적이 있다. 이탈리아 마르케라는 곳이었다. 화가 렘브란트의 고향이다. 옛 수도원을 개조한 호텔에서 무려 8일 동안 머물렀다. 나는 트렁크 가득 꾸려온 짐을 풀어 있어야 할 자리에 착착 갖다 놓았다. 바닥에 놓여 있는 텅 빈 트렁크를 바라보며, 이상하게 들릴지도 모르겠지만, 감회가 새로웠다. 여행을 온 것이 아니라, 지금까지의 인생과는 다른, 약간 새로운 인생의 국면이 시작될지도 모른다는 예감이 들었다. 뭐랄까, 내가 타고 있는 배의 각도가 1도 정도 비틀어졌다고 할까. 이렇게 오랜 시간 항해를 하다 보면 애초에 계획했던 것과는 전혀 다른 지점에 도착하겠지. 영화에서 주인공이 뭔가 결심을 하거나, 운명이 바뀔 때면 어디선가 바람이 불어와 머리카락을 살짝 흔들지 않나. 그런 느낌이었다. 바닥에 놓인 텅 빈 트렁크는 마치 그런 복선처럼 보였다. 나는 약간은 두려운 마음이 들기도 해서 얼른 트렁크를 닫고 문 앞에 세워두었다. 넌 일단 8일 동안 잠자코 있어.

호텔에 관해 특별히 까다롭게 굴지는 않지만 마흔 살넘고부터는 좋은 호텔이 여행의 아주 중요한 조건이 됐다. 그렇다고 호텔에 까다롭게 군다는 것은 아니다. 나는 아주 무던한 사람이다. 다만 부티크 호텔이나 유행에 너무 민감한 호텔은 그다지 좋아하지 않는다. 이것저것 지켜야 할 사항도 많고 경험상, 그들의 서비스가 그렇게 익숙했던 적도, 편안하게 느꼈던 적도 없다. 특히 예술을 주제로 꾸민 호텔은 가급적 피하려고 한다. 박물관이나 미술관엘 찾아 감상하는 것이 훨씬 편하다. 솔직히 나는 전 세계에 체인을 두고 있는 메이저 호텔을 선호하는 편이다. 시스템에 의해 컨베이어 벨트가 돌아가듯 서비스가 자연스럽게 제공되는 그런 호텔. 좋은 호텔은 투숙객이 아무런 고민도 없이 서비스를 이용할 수 있는 호텔이라고 생각한다. 아참, 조식 레스토랑에 맛있는 크루아상과 커피가 있어야 한다.

이십 년 전 펴낸 책에서 이렇게 쓴 적이 있다. "그에게는 김이 모락모락 나는 밥과 갓 담근 김치가 올려진 식탁보다는 3만 피트 상공에서 고추장 튜브를 꾹꾹 눌러 짤 때가 더 편했다. 폭신한 소파에 파묻혀 TV 리모컨을 이리저리 돌리는 시간보다는 마지막 기차 시간에 쫓겨 허겁지겁 배낭을 꾸리는 시간이 더 행복했다." 그때는 맞지만 지금은 아니다. 시간이 많이 흘렀고 나 역시 그만큼 나이를 먹었기 때문이다. 세상을 보는 눈도, 대하는 태도도 많이 달라졌다. 지금은 물론 그 어떤 일보다 폭신한 소파에 파묻혀 맥주를 홀짝거리며 넷플릭스를 보는 시간이 훨씬 더 행복하다. 하지만 호텔은…… 호텔에서 묵는 것이 더 좋다. 호텔에 있는 동안 나는 내게 가장 집중할 수 있다. 뭔가 새로운 인생을 시도해 볼 수 있을 것 같다. 내가 오직 나에게만 소속된다는 것, 나에게만 열중할 수 있다는 것, 일상에서 누릴 수 없는 자유를 마음껏 누린다는 것, 트랙에서 잠시 벗어난다는 것. 호텔에서는 어느 정도 가능하다. 호텔에서는 책임져야 할 것이 없기 때문이다.

가난은 고통이다. 겪어본 사람은 안다. 가난이 얼마나 불편한 것인지. 어떻게 엄청난 슬픔을 안겨 주는지를. 단순히 돈이 없어 생기는 슬픔이 있다. 단지 돈이 있다는 것만으로도 우리가 겪는 많은 불편함과 슬픔을 해결할 수 있다. 돈에는 별 관심이 없지만, 가끔 아득바득 벌고 싶을 때가 있다. 긴 취재 여행을 마치고 집으로 가는 길, 두 번의 환승과 열네 시간의 비행을 거쳐야 하는데 나는 이코노미 좌석이고 게다가 만석이다. 탑승 안내 방송이 나온다. 비즈니스석 승객이 먼저 들어간다. 그들의 여유로운 표정과 느긋한 걸음걸이를 볼 때면 돈을 벌고 싶다는 생각이 강하게 든다. 그리고 뒷골목의 어둑한 반지하 호텔에 머물 때, 침대는 눅눅하고 욕실에서는 참을 수 없을 정도로 역한 하수구 냄새가 올라올 때, 정말이지 돈을 벌고 싶다. 돈이 인생의 전부는 아니지만, 전부인 상황은 있다.

　이탈리아 마르케의 호텔 방에서 커다란 빈 트렁크를
내려다본 그날 이후, 내 인생이 어떻게 그리고 얼마나
바뀌었는지 모르겠다. 다만 나는 아직 여행을 계속하고
있고 생에는 여전히 곤란을 겪고 있다. 이런 내게 호텔
은 아마 가장 잘 어울리는 장소인지도 모른다. 내 꿈은
호텔을 옮겨 다니며 글을 쓰는 것이다. 가끔 호텔에서
생을 마치는 것은 어떨까 하고 생각할 때도 있다.

거기엔 여기에 없는 기분이 있고
당신은 당신이라서요

여행을 자주 가는 편이다. 여행작가니까. 사람들은 내게 왜 여행을 가냐고 묻는다. 딱히 별다른 이유는 없다. 의뢰가 들어왔기 때문이다. "여행 좀 가주세요. 다녀와서 원고 좀 써주세요." "네, 알겠습니다. 기획과 마감 일자를 알려주세요." 내 여행의 대부분은 이런 식으로 '진행'된다.

책을 많이 읽는 편이다. 편집자니까 어쩔 수 없다. 계약한 작가가 어떤 책을 썼는지 읽고, 내야 할 책의 원고를 읽고 또 읽는 게 일이다.

그렇게 다니고, 그토록 읽지만 또 다니고 또 읽는다. 누가 가 달라고 한 것도 아닌데 주섬주섬 짐을 꾸리고 문을 나선다. 누가 읽어달라고 한 것도 아닌데 책을 사고 빌린다. 읽고 또 읽는다.

많은 사람들이 또 묻는다. "도대체 왜 그렇게 여행을 가는 겁니까?" 내 대답은 단순하다. "여행을 가면 기분이 좋으니까요. 거기엔 여기에 없는 기분이 있으니까요." 이것보다 더 확실한 이유가 있을까.

　가끔 사람들이 묻는다. "여행이 당신을 어떻게 변화시켰나요?" 나는 그냥 빙그레 웃고 만다. 딱히 대답할 말이 없기 때문이다. 여행이 나를 변화시킨 건 없다. 여행은 나를 살아가게 했을 뿐이다. 나는 여행을 하며 글을 썼고 사진을 찍었고 그것들로 돈을 벌었다. 뭔가를 찾아보겠다고 여행을 떠나는 이들을 보는데, 내 경험상 이제는 여행으로 뭔가를 찾을 수 있는 시대는 아닌 것 같다. 혜초나 마르코 폴로의 시대라면 모르겠지만 그런 시대는 인터넷이 등장하면서 끝났다.

　뭔가를 찾아 여행을 떠나는 일은 안경을 쓰고 안경을 찾는 것과 다르지 않다. 당신이 찾고 싶은 뭔가는 당신 주위에 있다. 그것들은 책상 앞이나 사무실 주변, 혹은 자주 가는 카페에 떨어져 있을 수도 있다. 잘 살펴본다면 찾을 수 있을 것이다. 내가 변했다면 그건 살면서 많은 일 특히 실패를 겪었기 때문일 것인데, 그러니까 여행에 지나치게 큰 의미를 부여할 필요는 없을 거 같다. 낯선 곳에 가서 새로운 음식을 먹고 미술관을 어슬렁거리거나, 해변에 누워 파도 소리를 즐기면 되는 것, 그것이 현대의 여행이다. 여행을 떠나와서 기분이 좋아졌다면 그것으로 충분하다. 인생을 바꾸고 싶다면 여행을 가는 것보다 하루에 한 시간 일찍 일어나 운동을 하는 것이 더 효과적이다.

책을 읽는 이유 역시 마찬가지다. 좋아서, 재미있어서 읽는다. 지식을 얻기 위해서, 감동을 받기 위해서라는 이유도 있을 텐데, 이 모두는 '좋다' 또는 '재미있다'라는 범주에 포함되지 않을까. 책을 읽으며 즐거웠다면 그것으로 충분한 것이라고 생각한다. 나는 읽고 있는 책이 재미없으면 주저 없이 덮고 다음 책으로 넘어간다. 인생은 절대 책 한 권으로 바뀔 만큼 만만한 게 아니다. 인생을 변하게 하는 건 책이 아니라 책 읽는 습관이다.

당신을 좋아하는 이유도 여행을 떠나는 것과 책을 읽
는 것과 같다. 당신이라서, 단지 당신이라서 좋아하는
것이다. 당신이 내게 뭘 해주기 때문이 아니라 그냥 당
신이라서 좋은 것이다. 세상에는 굳이 이유를 찾지 않아
야 할 일이 많은데, 내겐 여행과 독서 그리고 당신이다.
그것에는 내 진심이 깃들어 있다. 당신에게 맛있는 파스
타를 만들어 주기 위해 나는 일주일 내내 파스타만 만
들어 먹을 수 있다. 당신이 좋아서, 당신에게 정말 맛있
는 파스타를 만들어 주고 싶기 때문이다. 당신에게 파
스타를 만들어 주면 내가 기분이 좋아지고, 당신이 내가
만든 파스타를 맛있게 먹는 모습을 보고 있으면 내가
행복하기 때문이다. 당신을 사랑하는 일은 사실은 다 나
좋자고 하는 일이다.

　여행을 가는 일, 책을 읽는 일, 당신을 사랑하는 일. 이
모든 것이 나를 기분 좋게 한다. 기분이 좋다는 건 기분
좋은 일이다.

인생은 '꿈과 여행'이 아니라
'밥과 킬로미터'

국내 취재 여행의 경우 짧게는 1박 2일에서 길게는 3박 4일 정도 이어진다. 사진가와 함께 다닐 때도 있지만 대부분 혼자 다닌다.

혼자 취재 여행을 다니면 여러모로 힘든 점이 많다. 온종일 혼자 운전해야 하고, 무거운 장비를 낑낑대고 들고 다녀야 한다. 이런 것들이야 어떻게든 해결할 방법이 있다. 운전은 요령껏 쉬엄쉬엄해도 되고, 장비는 가벼운 걸로 바꾸면 된다. 지금은 많이 익숙해졌지만, 여전히 고단한 일은 혼자 밥을 먹는 것이다. 2000년쯤, 신문사에서 여행 기자를 처음 담당한 후 얼마 동안은 혼자서 식당 문을 열고 들어가는 일이 영 어색하고 힘들어 고생했다. 문 앞에서 서성이다 발걸음을 돌리고 동네 슈퍼에서 '보름달' 빵과 우유를 사서 때운 적이 많았다.

지금이야 그럴 일은 없다. 이십 년 세월이 흐르며 경력도 쌓이고 그만큼 뻔뻔함도 늘었다. 조금 과장해서 말하자면, 한여름 삼십 미터 정도 줄 선 냉면집에서 4인용

테이블을 혼자 차지하고 앉아 오지 않은 일행을 십 분 정도는 너끈히 기다릴 수도 있다. 취재 관계자와 마주하고 앉아 어색하게 먹으니 혼자 먹는 게 오히려 편하다. 일 인분을 팔지 않는다는 식당에서는 "이 인분 주세요" 하고 앉는다. 여행작가 일을 하다 보면 산채정식집이나 고깃집, 횟집 등 취재와 촬영 때문에 꼭 가야 하는 집이 있다.

혼자 밥을 먹으며 깨달은 사실 한 가지가 있다. 떠오르는 얼굴이 자주 있다는 것. 강진에서 고등어조림을 먹을 때는 고등어조림을 유난히 좋아하시던 아버지가 떠올랐고, 장흥에서 매생잇국을 먹을 때는 서울살이에 힘들어하던 한 시기를 살뜰히 챙겨준 한 선배 시인의 얼굴이 떠올랐다. 홀로 밥을 먹으며 떠오른 얼굴은 내가 보고 싶어 하고 그리워하고 고마워해야 할 사람들이었다. 희한하게도 밉거나 싫은 사람은 없었다. 밥상머리는 복수할 사람을 싫어한다는 것을 알았다. 여행 기자 초년병 시절, 어느 선배 시인이 이렇게 말한 적이 있다. 혼자 밥 먹을 때 떠오르는 얼굴이 있을 거다. 아마도 그 사람이 네가 가장 좋아하고 있는 사람이고 가장 필요한 사람이다.

　며칠 전 밀양 취재에서도 혼자 밥을 먹었다. 돼지국밥을 먹었고, 시장 보리밥집에서 나물을 넣고 비벼 먹었다. 혼자서 잘 먹었다. 밥은 내게 일이자 휴식이다. 부처님이고 하나님이다. 나는 일을 하며 밥을 벌고, 밥을 먹으며 쉰다. 밥을 먹으며 나를 반성하고, 세상의 밥 먹는 사람에 대해 걱정한다. 밥상에서 가끔 나는 내 몸을 빠져나와 1미터 정도 허공에 붕 떠서 밥 먹는 나를 내려다본다. 나는 무엇을 위해, 누구를 위해 밥을 먹고 있는가. 이 한 끼를 먹기 위해 나는 400킬로미터를 달려왔고, 이 한 끼를 먹고 내일 다시 500킬로미터의 길을 달려야 한다. 내 인생을 정의하는 단어는 '꿈과 여행'이 아니다. '밥과 킬로미터'다. 아마 당신의 인생도 그럴 것이다. '밥과 ○○'으로 이루어져 있을 것이다. 황지우 시인이 그랬다. "몸에 한세상 떠넣어 주는 먹는 일의 거룩함"이라고. 밥을 먹을 때 세상이 내 속으로 들어오는 거룩함을 경험할 때 우리는 비로소 어른이 된다.

　밥을 먹는 동안에는 그리운 사람만 생각하자. 고마운
사람만, 사랑하는 사람만 떠올리자. 복수는 밥 먹고 나
서. 배가 부르면 무엇이든 할 용기가 생기는 법이니까.

다 똑같다는 것
언젠가 끝난다는 것

여행을 떠나기 전, 우린 여행에 대해 많은 기대를 한다.
이번 여행을 마치고 나면 나는 다른 사람이 되어있을
거야. 뭔가 다른 삶을 살게 될지도 몰라. 장엄하고 압도
적인 풍경 앞에서 뭔가 깨달음을 얻을 수 있을 것이라
고, 어느 길모퉁이 혹은 기차에서 낭만적인 우연을 만날
것이라고 기대하기도 한다.

　하지만 하루가 지나고 이틀이 지나고 일주일이 지나
고 한 달이 지나면 바뀌는 건 하나도 없다는 걸 알게 된
다. 배낭에 결의를 잔뜩 넣고 여행을 다니던 시대는 지
나갔다. 지금의 여행자는 새로운 세상이 아니라, 익숙하
지만 약간 낯선 일상을 기대한다. 나이 든 사람은 여행
의 타락이라고 고개를 흔들 수도 있겠지만, 세상의 모든
방식은 시간이 지나면 변하기 나름이다. 여행도 이를 피
할 수는 없다.

　어쨌든 내가 하고 싶은 말은 그 아무리 어마어마한 풍
경이라도 이십 분 이상 가슴을 뛰게 하는 건 없다는 것

이다. 다 거기서 거기다. 이구아수 폭포의 굉음도 시간이 지나면 소음일 뿐이다. 이집트 피라미드의 불가사의도 상인들의 집요한 호객행위 앞에서는 짜증만 난다. 근처의 조용한 카페로 가서 커피나 한잔 마시고 싶다는 생각만 간절하다. 여행에서 얻을 수 있는 가장 유용한 깨달음이 있다면 이것이 아닐까. 별거 없다는 것. 다 똑같다는 것.

여행은 피곤한 것이다. 이십 년 동안 여행하며 깨달았다. 하루키 역시 "샤워장의 미지근한 물, 삐걱거리는 침대, 삐걱거리지 않는 대신 딱딱하기만 한 침대, 어디서 날아오는지 끝없이 왱왱거리며 날아들어 물어뜯는 굶주린 모기떼, 물이 내려가지 않는 변기, 불친절한 웨이트리스, 날마다 쌓여가는 피로감, 그리고 자꾸만 늘어가는 분실물. 이런 것이 여행"이라고 말했다.

삶도 마찬가지. 그래서 삶은 여행이라고 하는지도 모른다. 삶은 기본적으로 피곤한 것이며 피곤하지 않은 삶은 제대로 된 삶이 아니다. 창밖을 바라보며 저곳에는 여기와는 다른 삶이 있겠지 하며 생각해 보지만 막상 가 보면 똑같다. 피곤하다.

여행지에서 만난 선배가 이런 말을 했던 적이 있다. 이제야 이해가 된다.

___ 여행의 좋은 점이 뭔지 알아?

___ 뭔데요?

___ 언젠가 끝난다는 거지.

그 말은 이렇게 바꿀 수도 있겠다.

___ 인생이 왜 좋은지 말아? 언젠가 끝난다는 거지. 다 사라진다는 거지.

뭔가를 두고 왔지만
찾지 않기로 합니다

강진에 여행을 가서 농가에서 민박을 하고, 스물다섯 가지 반찬이 올라간 상을 받고, 갑오징어 회를 먹었다. 보리밭 사이로 난 길을 따라 산책을 했다. 멀리 고금도가 보였다.

월출산이 보이는 찻집에서 햇차를 마시고 점심을 먹은 후 호텔로 돌아와 잠시 낮잠을 잤다. 해 질 무렵 읍내로 나가 술을 마셨다. 숙소로 돌아오며 좋은 하루였다고 생각했다.

지금은 새벽이다. 노트북 키보드를 두드리다가 말고 손톱을 깎는다. 손톱을 깎으며 술에서 깬다. 이게 여행이고, 이게 생이다. 여행은 신비롭지 않고, 생은 찬란하지 않다는 걸 깨닫는 데 이십 년이 걸렸다. 이젠 국밥을 먹을 때 따로 먹지 않고 밥을 말아 먹는다. 그게 국밥이라는 걸 아는 데 삼십 년이 걸렸다. 그리고 인생의 진실이 단 한 문장 속에 있다는 걸 아는 데 오십 년이 걸렸다.

여행을 하며 손톱이 자라고, 여행을 하며 사랑을 잊고, 여행을 하며 늙어가는 어느 인생이 창밖을 보고 있다. 뭔가를 두고 온 것 같지만 애써 찾지 않기로 한다. 어떤 최선은 잊는 것일 수도 있으니까.

잘려 나간 손톱을 티슈로 싸서 휴지통에 버린다. 어느 날, 노을 앞에서 좋은 인생이었다고 말할 수 있다면 좋겠다.

가끔 우린 세상과
상관없는 일이 될 필요가 있으니까요

___ 현실의 반대말은 비현실이 아니라 여행이죠.

___ 언제나 나를 설레게 하는 것은 멋지게 이륙하는 비
행기의 가벼운 각도입니다.

___ 아쉬운 건 우리가 여행을 시작하는 그 순간부터 우
리의 여행이 끝나가고 있다는 것입니다.

___ 우리의 여행이 서사를 장착할 필요는 없어요. 교훈
적일 필요는 더더욱 없죠. 그건 각설탕 같은 것이니
까요. 넣어도 그만 안 넣어도 그만이니까요. 우리의
여행은 단지 생의 체온을 조금 높이는 정도면 충분
하다고 생각합니다.

___ 여행이 좋은 건 그게 여행이기 때문이 아닐까요. 되
면 되는 거고, 안 되면 그걸 즐길 수 있는 여유가 배
낭 속에 준비되어 있기 때문이 아닐까요. 그리고 여
행이 좋은 가장 큰 이유는, 그게 백 퍼센트 돈을 쓰

는 행위기 때문이 아닐까요.

___ 여행이란 생에 골몰하는 가장 유익하고 헌신적인
방법, 생과의 가장 완벽한 열애.

___ '즐기고 탐닉하라.' 여행자의 첫 번째 행동강령이죠.
인생에도 고스란히 적용된다고 봅니다.

___ 여행이 자신을 위해 많은 일을 해줄 수 있다고는 생
각하지 않으면 좋겠어요. 그러나 여행만이 해 줄 수
있는 일이 분명히 있다고 믿어 봅시다. 문을 열고
나서는 순간, 우리는 처음 보는 생의 풍경과 마주하
게 될 것입니다. 겁먹지도 말고 망설이지도 마세요.
그 풍경은 오랫동안 당신을 기다리고 있었던 것이
니까요.

___ 여행은 우리가 지금까지 경험했던 시간과는 전혀
다른 시간의 흐름에 몸을 맡기는 일, 그 시간 속에

슬며시 심장을 올려놓는 일입니다.

___ 가끔 우린 세상과 상관없는 일이 될 필요가 있습니
다. 그럴 때면 여행을 가야죠.

___ 여행을 못 가서, 당신을 사랑하고 술을 마십니다.

비행기에서
산소 호흡기가 내려오는 순간

잊어버리고 있다가, 지난주 비 오는 날, 연희동 굴다리
아래 어느 술집에서 김치전에 막걸리를 마시다가 문득
떠올렸다.

　지금까지 여행 작가로 일하며 살아오는 동안, 딱 두
번 죽을 뻔했다. 한 번은 배에서, 그리고 또 한 번은 비
행기에서. 내가 잘못했거나 실수한 건 없었다. 그냥 그
런 상황 속에 내가 있었을 뿐이다. 지진이 났고, 비행기
에 심각한 이상이 있었다.

　정말 그만두고 싶었다. 도대체 왜, 내게 이런 일이 생
기는 거지? 억울했다. 한동안 일을 할 수가 없었다. 그
런데 얼마간의 시간이 지나고, 나는 다시 출장을 떠나기
위해 짐을 꾸리는 나를 발견했다.

　그때 누가 내게 말했다. "그런 일을 겪고도 그 일을 한
다면, 그건 네가 그 일을 해야 하는 사람이라는 거야."
이후 나는 내 여행에 큰 의미를 부여하지 않는다. 그냥

내가 해야 하는, 할 수 있는 일이라서 하고 있을 뿐이다.

우리에겐 일보다 훨씬 더 중요한 것이 있다. 죽음과
마주한 그 순간, 나는 후회했다. 마음속에 정말 큰 후회
하나가 있어 너무나 억울했다. 뭐냐 하면…… 그건 비밀
이다. 어떻게 보면 아주 사소한 것일 수도 있다.

그리고 그때 비로소 알게 됐다. 우리 인생에 거창한
건 전혀 없다는 사실을. 마지막에는 우리 모두가 후회한
다는 것을. 인생에는 성공도 없고 실패도 없으며, 그저
각자의 삶이 있을 뿐이라는 것을.

인생은 나의 의지와는 전혀 상관없이 굴러가지만, 그
래도 각자의 삶을 살기 위해 노력해라. 작고 사소한 것
을 소중히 여기며 살아라. 비행기에서 산소 호흡기가 내
려오는 순간, 뭘 떠올리게 될지 상상해 보라. 어쩌면 우
리에겐 그게 전부일지도 모르거든.

그곳이
인도든 어디든

인도에 몇 번 여행을 갔다. 조드푸르, 우다이푸르, 자이푸르 등 북부의 라자스탄 지역과 트리반드룸과 코치 등 남부 케랄라 지역. 그리고 코히마와 코지마 등의 도시가 있는 동부 나갈랜드 지역을 돌아다녔다. 델리와 다른 도시도 몇 군데 갔는데 기억나지 않는다. 벌써 이십 년 전의 일이다.

어제 문득 인도에 가고 싶다는 생각이 들었다. 조금 일찍 퇴근해 치과에 들렀다가 노을이 예뻐서 자유로를 따라 달렸다. 임진각까지 다녀오는 왕복 70킬로미터. 가끔 가는 코스다. 아스팔트 위로 넘어온 주홍빛 노을이 차창 앞 유리로 번졌다. 치과 의사는 소염제를 바르며 "감독님, 이를 너무 꽉 깨물고 살지 마세요"하고 말했다. "아, 전 그냥 슬렁슬렁 대충대충 살아요"하고 말하고 다니지만, 의사는 속일 수 없는 모양이군.

해는 도로 왼편으로 흐르는 임진강을 같은 색으로 물들이며 서서히 기울고 있었다. 봄이 깊어 숲은 짙은 초록으로 물들어 있었는데, 그 숲을 보며 나는 인도에 가고 싶다는 생각을 한 것이다. 숲에서 멋진 곡선으로 휘어진 뿔을 가진 물소 몇 마리가 걸어 나온다고 해도 전혀 이상하지 않을 풍경이었고 나는 인도의 어느 길을 달리고 있다는 착각 아닌 착각에 빠져들었다.

인도에 몇 번 다녀왔지만, 지금까지 인도에 다시 가고 싶다고 생각한 적은 없다. 그다지 좋은 기억이 없기 때문이다. 애벌레를 먹었고, 엉망진창인 숙소 때문에 고생했고, 게다가 빌어먹을 노 쁘라블럼! 뭐, 아무튼 인도를 찾은 많이 이들이 고생한 여러 이유들 때문에 나 역시 똑같은 고생을 했다. 지금 내가 가고 싶은 곳은 뉴욕과 파리, 타이베이, 도쿄, 파타고니아 정도다. 뉴욕과 파리는 (믿지 않겠지만) 한 번도 가보지 못했다. 도쿄는 23년 전에 다녀온 것이 마지막이다. 타이베이는 조만간 여행을 갈 예정이다. 파타고니아는 언젠가 갈 수 있겠지.

그런데 문득, 갑자기 인도에 가고 싶어진 것이다. 내

가 떠올린 인도의 풍경은 느리게 흐르는 강물을 바라보며 서 있었던 어느 이른 아침이었다. 그곳이 어디였는지는 모르겠다. 나는 숙소에서 반바지와 티셔츠 차림에 슬리퍼를 신고 걸어 나가 해가 뜨는 강물을 바라보며 서 있었다. 그렇게 한참을 서 있다가 강가의 허름한 카페에서 짜이 한 잔을 마시고 돌아와 다시 잤다. 생각나는 건 그게 전부다.

인도에 가서, 해가 뜨는 강물을 바라보며 서 있고 싶어. 이렇게 생각하며 평화누리 공원의 우두커니 멈춰 서 있는 바이킹 앞에서 주머니에 손은 넣은 채 서성였다. 말도 안 되는 터무니 없는 이유였지만, 인도로 떠나야겠다는 이유로 이것만큼 설득력 있는 이유가 있을까. 때로는 그 자리에 멈춰 서서 심호흡을 하는 시간도 필요하지. 옛날엔 이런 핑계를 대며 훌쩍 여행을 떠나곤 했다지만 이번에는 뭔가 느낌이 다르다. 여자친구와 괌이나 오키나와에 가는 것과는 전혀 다른 차원의 여행인 것이다. 그 사이 세월이 많이 흘렀고, 심호흡 같은 건 강릉이

나 서귀포 정도에서도 충분히 할 수 있는 나이가 됐다.

이제는 모든 걸 천천히 잃어가는 과정에 들어섰다는 생각이 든다. 어느 나이가 되면 소중한 것들이 손아귀에 쥔 모래처럼 스르륵 빠져나가기 시작한다. 아무리 꽉 쥐고 있어도 소용없다. 그걸 부탄에서 알게 됐다. 놓치고 싶지 않은 것이 있기에, 어느 누구에게도 내주고 싶지 않은 것이 있기에 사람들은 오체투지를 하고 탑을 맴도는 것이다. 나 역시 이렇게 저녁의 자유로를 달려와 허공을 향해 멈춰 선 바이킹을 멍하니 바라보는 것이고.

반환점(평화누리 공원)을 돌아 나오는 길, 해는 어느새 강물 속으로 사라져 버리고 자유로에는 하나둘 가로등이 켜지고 있었다. 나는 왜 갑자기 인도에 가고 싶어진 것일까. 그래도 어딘가 가고 싶은 곳이 있어 다행이군. 인간은 말이야, 가고 싶은 곳이 없게 될 때 쇠락하기 시작하거든. 가지고 싶은 것이 없게 될 때 삶이 허망해지다가, 지키고 싶은 것이 없을 때 마침내 사라지는 것이

거든. 입 속으로 비릿한 피 냄새가 번졌다. 그래, 일단 가보자, 인도든 어디든.

사랑은 됐고요
여름은 더 즐기고 싶어요

여름이 깊어 가고 있다. 녹음이 하루하루 짙어진다.

　내 사무실은 파주 출판단지에 있는데, 주변에 좋은 산책길이 있다. 조그만 시내가 흐르고 떡갈나무와 버드나무가 우거져 있다. 샌드위치로 간단하게 점심을 먹고 커다란 나무 아래로 난 길을 따라 산책을 하는데, 어제는 심학산까지 걸었다. 왕복 1시간 정도가 걸렸다.

　보통 산책을 할 때는 이어폰을 끼고 음악을 듣지만 정오의 산책에서는 귀를 열어 둔다. 발자국 소리가 들리고 귓전에 울리는 매미 울음소리가 짙다. 바람은 버드나무 가지를 출렁, 하고 흔들고 간다. 귀가 열리면 눈도 함께 열린다. 능소화는 짙은 주홍색이고 가로등 아래에는 세찬 비에 떨어진 장미꽃잎이 낭자하다. 구름은 느리게 서쪽으로 흐르고 있는데, 하늘과 경계를 이룬 부분에는 약간의 초록색이 묻어 있다.

　산책은 생각하기에 좋다고 하지만, 나는 산책하는 동

안 생각이라는 걸 하지 않을 수 있어 더 좋다. 생각을 한다는 건 얼마나 피곤한 일인가. 우리는 온종일 해야 할 일을 생각해야 하고, 해야 할 일을 잘했는지 또 생각해야 한다. 옳고 그름을 생각해야 하고, 정의와 위선에 대해 생각해야 한다. 미움과 질투에 대해, 사랑과 헌신에 대해 생각해야 한다. 산책은 이런 모든 생각에서 나를 벗어나게 해준다. 나는 듣고, 보고, 심호흡을 할 뿐이지만 그것만으로도 충분히 행복하다. 냇가의 버드나무와 여름 바람은 생각하는 인간을 좋아하지 않는다. 생각에서 멀어지면서 나는 조금씩 회복하고 있다.

산책은 내가 여행 가지 못할 때 여행 대신 선택할 수 있는 거의 유일한 수단이다. 사무실에서 나와 환하게 쏟아지는 여름빛 아래로 풍덩 몸을 던지는 순간, 온몸의 힘이 빠지는 것 같다. 바다 위에 두둥실 떠 있는 듯한 기분이 든다. 지금 내게는 아무런 긴급한 일도 없다. 제자리에 멈춰 서서 심호흡을 한다. 세상의 모든 공기를 다 마시겠다는 듯 깊이. 비 냄새가 콧속으로 들어온다. 쌉

싸름하고 달짝지근하다. 희미한 아카시아 향이 섞여 있다. 이렇게 또 한 번의 여름이 지나가고 있구나.

여름은 질색이었는데, 언제부터인가 여름이 좋아지기 시작했다. 비 그치고 난 뒤의 빛나는 푸르름이 좋고, 옅은 구름이 산 위로 슬금슬금 물러나는 풍경을 보는 것도 좋다. 아마도 나이가 들어 그렇겠지. 나이가 든다는 건 때로 편하다. 모든 걸 나이 탓으로 돌릴 수 있기 때문이다.

이젠 내게 몇 번의 여름이 남았을까. 사랑을 하고 싶은 마음은 없지만, 여름은 더 즐기고 싶다.

여름에서 봄으로 갈 수 없듯, 우린 예전의 자신으로 되돌아갈 수 없다. 그러니까 산책을 하자. 산책은 현재를 즐길 수 있는 가장 온전한 방법이니까. 우리가 현재를 살아가고 있다는 것을 확인시켜 주니까. 마음에 드는 곳에 걸음을 멈추고 짙은 녹음을 가만히 바라보고 있노라면 일과 생활에 무너져 가던 마음이 조금씩 제자리를 찾아가는 것 같다. 다행이다. 더 늦기 전에 이 계절을 좋아할 수 있어서.

이젠 굳이 국경을 넘을 필요가 없을 것 같다. 내가 걸을 수 있는 한 시간 거리 안에 모든 게 다 있다는 걸 알게 됐으니까. 산책을 즐길 수 있다는 건 내가 아직 망하지 않았다는 증거다. 이 산책이 끝내고 나면 나는 다음의 마음을 갖게 될 것이다.

분홍의 시절에 우리 한 생애가
나란히 앉았으니

익산에 다녀왔다. 취재를 핑계로 가서 놀았다. 봄날이었
고, 벚꽃이 만발해 있었으니까.

사람들은 잘 모르지만, 익산 시내에 자리한 원불교중
앙총부는 벚꽃이 아주 예쁜 곳이다. 흐드러지게 피는 건
아니지만 운치 있다. 특히 공회당 앞이 예쁘다. 커다란
벚나무 한 그루가 파란 지붕을 인 적산가옥과 어우러져
아주 멋스럽게 핀다. 몇 년 전 우연히 갔다가 그 벚나무
아래에서 시간을 보낸 적이 있다. 바람이 불면 머리 위
로 벚꽃잎이 떨어져 내렸다. 어느 것 하나 모자람이 없
던 봄날이었다.

이십 년 정도 여행을 하다 보니 언제 어디를 가면 좋
은지 안다. 가끔 일부러 찾아가곤 하는데, 이맘때는 익
산이 딱 좋다. 일해옥에서 맛있는 콩나물국밥 한 그릇
을 먹고 난 후 천천히 원불교중앙총부를 걷는다. 종교시
설이라 들어가길 부담스러워하는 사람들도 있는데, 전
혀 그럴 일이 아니다. 공원처럼 예쁘게 꾸며져 있다. 건

너편은 원광대다. 교문을 지나면 '닭카페'가 있다. 건물 지붕에 봉황 조각이 있는데, 봉황이 아니라 닭처럼 보여 닭카페라고 부른다. 카페 주변에 벚나무가 많다. 벚꽃 필 무렵 한 번 다녀오시길.

활짝 핀 벚나무를 바라보며 공회당 마루에 우두커니 앉아 있었다. 제법 오랫동안 그랬던 것 같다. 이제 내게 몇 번의 봄이 남았을까, 이 찬란함을, 이 뭉클함을 언제까지 마주할 수 있을 것인가 하고 생각했던 것 같다. 예전엔 이런 생각을 하면 슬퍼졌지만 이젠 괜찮다. 이유는 모르겠고 그냥 마음이 그렇게 됐다. 살다 보면 세상 모든 일에 이유가 있을 필요가 없다는 걸 알게 된다. 그냥 마음이 바뀌고 누그러지는 것이다. 놓아줘야 할 일, 보내줘야 할 사람이 얼마나 많은가.

봄이 와서 벚꽃이 피고 바람이 불어 벚꽃이 지듯, 사람의 일도 그렇다. 만나야 하니 만나는 것이고 헤어질 때가 되니 헤어지는 것이다. 이것을 인연이라고 부른다.

이어지고 끊어지는 것이 자연스러운 일이다.

벚꽃이 피어서 그 아래를 오래 서성였던 것뿐이고, 앞으로 몇 번의 봄이 남았는지 몰라서 그랬던 것뿐이라고 여기는 봄날. 그 사람을 얼마나 더 볼 수 있을지 몰라서 그의 주변을 그렇게 맴돌았던 시절이 있었다. 「벚꽃, 커피, 당신」이라는 시를 쓴 적도 있었다.

벚꽃, 커피, 당신

벚꽃 아래였던 거지
바람이 속눈썹을 스쳐 갔던 것인데

살얼음 녹고 먼 산봉우리 눈이 녹아
그 핑계로 두근거리며 당신을 불러내었던 것인데
그러니까 봄, 봄이었던 거야

바람들 가지런한 벚나무 그늘에 앉아
커피 내리기 좋았던 평상이었던 거야
햇살은 아직 야위었지만, 당신 뺨을 비추기엔
모자라지 않아서
나는 당신 앞으로 슬며시 커피를 밀어 놓았던 것인데

커피잔 휘휘 저으며 지금까지의 이별은 까마득히
잊고
당신과의 이별만 걱정이 되었던 이른 봄

꽃이 지고 다시 꽃이 피는 그사이
벚꽃잎 짧게 빛났던 허공

가만히 맨손 쓰다듬으며 분홍의 시절에 이르길
우리 한 생애가 나란히 앉았으니
사랑은 이루어지지 않아도 사랑인 것이지

커피가 식어가도 봄날은 지나가도 꽃 핀 정성은

가득했네

　말간 사기잔 조심히 커피 물 끓인 보람은 설레었네

봄도 짧고 인연도 짧다. 그러니 봄도 사람도 즐기시길.
찰나를 영원으로 만드는 방법은 사랑밖에 없으니까.

당신 곁, 살지 않고
잠시 지냈던 것처럼

밤새 비가 몹시 내렸다. 구름은 너무 낮아서 지붕에 닿을 듯했다. 하늘 위에서 내리꽂히듯 번개가 쳤다. 소 울음 같은 소리를 내며 바람이 불었다.

　새벽 네 시쯤 되자 다행히 바람이 잦아들었다. 아침 여섯 시 이십 분 김포발 제주행 비행기는 겨우겨우 떴다. 이륙하고 몇 분 동안 기체가 많이 흔들렸다. 아직까지 도저히 적응이 안 되는 것 두 가지 있는데, 마른오징어와 비행기다. 마른오징어는, 양말 냄새가 나는 딱딱한 이걸 도대체 왜 먹는 것인지 이해가 안 된다. 수백 번 비행기를 탔지만 흔들리는 비행기는 여전히 겁이 난다. 나도 모르게 팔걸이를 꼭 쥐게 된다.

　제주 공항에 내렸을 때는 맑았는데, 비자림이 가까워지고 수산초등학교를 지날 때쯤 갑자기 사방이 어두워지고 비가 내리기 시작했다. 빗방울이 제법 굵었다. 우도 가는 길이었다. 사진 몇 장 후다닥 찍고 저녁 일곱 시 삼십 분 비행기로 올라와야 하는 일정이었다.

성산항에서 배를 탈 때쯤 거짓말처럼 날이 개었다. 팔뚝에 닿는 햇빛이 바늘처럼 따가웠다. 여름 햇살이 쏟아지는 우도 선착장은 세상에서 가장 평화로운 곳으로 보였다. 우도 선착장에서 전기 자전거를 빌려 오 분쯤 탔을까 다시 비가 쏟아졌다. 가까운 식당으로 가 성게미역국과 땅콩 막걸리를 주문했다. 미역국은 제대로 데우지도 않고 내와서 다시 데워달라고 했지만 이미 입맛을 잃은 뒤였다. 제주에서 딱 한 끼를 먹을 기회가 주어졌는데, 제주에서 가장 맛없는 한 끼를 먹은 셈이다.

다시 날이 개어 서빈백사를 지나 하고수동 해변까지 자전거를 달렸다. 우도의 모든 카페에서 땅콩 아이스크림을 팔고 있었다. 하고수동 해변의 어느 카페에서 땅콩 아이스크림을 하나 먹었다. 달고 고소했다. 당연하지. 아이스크림 위에 땅콩 가루를 뿌린 것이었으니까. 아이스크림을 반쯤 먹었을 때 갑자기 비가 쏟아지기 시작했다. 그렇지 모든 건 갑자기 오는 법이지. 준비를 다 마치고 나서야 오는 건 없다. 비도, 사랑도, 이별도, 죽음도 언제나 갑자기 온다. 나는 아이스크림을 천천히 아껴가며 먹었다.

다행히 시간은 여유가 있었다. 비도 곧 그치겠지. 제주의 날씨는 변덕스러우니까. 비가 그치면 나가서 후다닥 찍고 올라가야지. 여행 작가를 오래 하다 보니 요령이 제법 늘었다. 살다 보면 자연스럽게 이런저런 요령만 늘게 된다. 좋게 말하자면 경험이다. 예를 든다면 이런 것들. 욕심부리지 않는다면 빠져나갈 길은 얼마든지 있다. 일을 지나치게 사랑하는 건 어리석은 짓이다. 맛있는 건 제일 먼저 먹기. 주차장은 무조건 옥상으로.

비가 그쳐 다시 자전거를 달리는데, 검멀레 가까이 왔을 때 비가 쏟아지기 시작했다. 에라 모르겠다. 될 대로 되라지. 다행히 선착장이 멀지 않았다. 자전거를 반납하고 배를 타고 성산항으로 가 제주공항으로 가는 112번 버스를 탔다. 날씨는 화창해졌다.

버스가 송당리를 지날 때쯤 또 비가 내렸다. 차창 밖으로 다랑쉬오름이 보였다. 고봉밥 맨 위를 한 숟가락 푹 퍼먹은 듯한 모습. 육칠 년 전 제주에 한창 다닐 때 송당리에서 살고 싶다는 생각을 자주 했다. 커다란 팽나무 한 그루가 있는 마당을 가진 집이면 좋겠다고 생각했다. 그리고 다시 송당리를 지나는데, 송다리에서 살고 싶다는 소나기처럼 세차게 일어난 것이다.

살 수 있을까, 송당리에서. 아니, 제주에서. 살 수는 없어도, 지낼 수는 있겠지.

제주에 다녀온 지 사흘이 지났는데, 아직 머릿속에는 송당리 생각만 가득하다. 비에 젖어가는 송당리 당근밭이 여전히 선연하다. 다행히 일요일이 조금 남아 있어 송당리 생각을 더 할 수 있다. 송당리에서 살 수 있을까? 아니, 지낼 수는 있겠지. 당근밭으로 향한 창문 하나쯤 낼 수 있겠지.

늘 그래왔던 것처럼.

당신 곁에서 살지 않고 잠시 지냈던 것처럼.

당신 쪽으로 난 창문 하나를 가졌던 것처럼.

지난날은 부질없다며
새는 지저귀지만

오랜 여행을 마치고 집으로 돌아오면 하루 이틀 정도 몸에는 약간 노곤하면서도 피곤한 느낌이 남아있습니다. 여행과 생활의 경계에 서 있는 듯한 그 느낌을 저는 여행의 여운이라고 부릅니다.

베란다 의자에 앉아 커피나 와인을 홀짝거리며 희미하게 남아있는 그 여운의 감각을 즐깁니다. 이제 조금씩 제 몸과 정신은 생활 쪽으로 이동할 테니까요. 즐길 수 있을 때 즐겨야죠.

경비원 아저씨가 지나가고, 노란 유치원 버스가 정차하고 아이들이 내립니다. 익숙한 소리와 냄새. 낯익은 풍경 앞에서 마음이 순해집니다. 지난날은 다 부질없다며 새는 지저귀지만 그래도 어쩝니까. 제가 가진 건 지난날 뿐인걸요.

뒤돌아보면
흙먼지 자욱한 길 너머

루앙프라방, 므앙씽, 므앙노이 느아, 농키아우, 루앙 남
타 …… 내 청춘을 수놓았던 지명들이다.

삼십 대에 나는 라오스 북부를 떠돌았다. 중고 오토바
이를 사서 뒷자리에 배낭을 싸매고 여행했다. 지금 생각
해 보면 무모한 시절이었다. 삼각대까지 싣고 다녔으니
말이다. 내게 청춘이라면 이십 대 때가 아니라 그때였
다. 이런 무모한 감행을 아무렇지도 않게 저질렀으니 말
이다. 지금은 엄두도 못 낼 일이다.

한때 루앙프라방에 관한 작업을 하겠다며 뻔질나게
드나들었다. 당시만 해도 그곳을 찾는 한국인들이 별로
없을 때였다. 라오스 제2의 도시라고 했지만, 시내에 상
주하는 인구는 4만 남짓이었다. 우리나라의 면 소재지
정도의 분위기였다. 자전거를 타고 루앙프라방 이곳저
곳을 헤집고 다녔는데, 보름 정도 지나니 경조사에 참여
할 정도가 됐다. 생일잔치에 초대받았고 장례식에도 불
려 가기도 했다.

루앙프라방에 이십일 정도를 머물다, 라오스 북부를 여행하기로 했다. 루앙프라방을 떠나기 전날, 홍콩에서 온 여행자 퓨이와 맥주를 마시며 이야기를 나누는데, 그가 나를 따라가겠다며 나섰다. "나도 초이랑 오토바이를 타고 여행하고 싶어." "안돼. 난 혼자가 편해." 그는 내가 묵는 게스트하우스 옆 게스트하우스에 묵고 있었는데 우리는 저녁이면 비어 라오를 마시며 메콩강을 바라보며 이런저런 이야기를 나누곤 했다. 언젠가 내가 오토바이를 타고 보름 동안 라오스 북부를 여행하겠다는 계획을 그에게 이야기 한 적이 있는데, 내일 떠난다고 하니 그가 따라가겠다고 나선 것이다.

예상치 못한
동행

"나도 라오스 북부에 가보고 싶어. 이제 루앙프라방은 좀 지겨워졌어." 퓨이가 말했다. 나는 다시 고개를 저었다. "난 혼자가 편해. 너와 함께 다니면 이런저런 신경 쓸 일이 많을 거 같아. 게다가 넌 여자잖아. 아마 엄청나게 불편할 거야."
"나 때문에 불편할 일은 없을 거야. 약속해. 그림자처럼 조용히 뒤만 따라다닐게." "그림자도 귀찮아. 벌써부터 불편한걸." 하지만 다음 날 아침, 그녀는 커다란 배낭과 함께 게스트하우스 로비에서 나를 기다리고 있었다.

버스에는 주민들로 가득했다. 여행자는 커다란 배낭을 멘 나와 퓨이 뿐이었다. 동남아의 버스는 신기한 것이, 자리가 없는 것처럼 보이지만 사람이 타면 어떻게든 자리가 만들어진다는 것이다. 나와 퓨이는 따로 떨어져 버스 구석에 겨우 자리를 잡을 수 있었다. 내 왼쪽 옆에 앉은 아저씨는 커피포트 사진이 박힌 커다란 박스를 품에 안고 있었다. 내 오른쪽에 앉은 아이는 닭장을 안고 있었다. 물론 닭장 안에는 붉은 볏을 머리에 인 닭이 있었다. 당시만 해도 닭 정도는 버스에 타도 되는 때였다. 버스가 흔들리면 닭은 불편하다는 듯 푸드덕거렸다. 나는 아저씨와 아이를 좌우로 번갈아 보며 인사했다. 싸바이디(안녕하세요).

네 시간? 여섯 시간? 버스는 우리를 어느 자그마한 마을에 내려놓았다. 우리는 거기에서 다시 세 시간 동안 버스를 타고 가야 했는데, 나는 버스를 타지 않고 여기서부터 오토바이를 빌려서 가기로 했다. "퓨이, 여기서부터 오토바이를 타고 가자. 비좁은 버스에서 시달리는 것보다 나을 거 같아." 퓨이가 머뭇거리며 말했다. "초이, 미안하지만 난 사실 오토바이를 탈 줄 몰라." "뭐, 뭐라고? 오토바이를 탈 줄 모른다고?" 그는 분명 오토바이를 탈 줄 모른다고 했다. 맙소사! 라오스의 뜨거운 햇빛이 팔등을 달구고 있었다.

이십 분 동안 퓨이를 설득했다. 너는 여기서 다시 루앙프라방으로 돌아가라. 버스만 타면 되니까 가는 길은 어렵지 않다. 닭장 옆에만 앉지 않는다면 그럭저럭 견딜 만한 여행이 될 것이다. 하지만 퓨이는 고개를 저었다. "노던 라오스를 꼭 여행하고 싶어." "이것 봐, 난 오토바이를 타고 여행할 거라구." "오토바이는 지금 당장 배울게. 자전거를 탈 수 있으니 오토바이도 금방 탈 수 있을거야."

결국 온 마을을 뒤져 기어가 없는 오토바이를 겨우 한대 찾아냈다. 스로틀을 당기기만 하면 앞으로 가는 오토바이. 일단 이거라도 타고 가보자. 퓨이가 오토바이에익숙해지는 동안 그 마을에서 하루를 묵어가기로 했는데, 다행히 퓨이는 하루 만에 오토바이를 그럭저럭 운전할 수 있게 됐다. 하지만 퓨이는 오르막길을 만나면 오토바이를 내팽개쳐 두고 터덜터덜 걸어왔다. 오르막길이 무섭다는 이유에서였다. 나는 어쩔 수 없이 오르막길꼭대기에 내 오토바이를 세워놓고 걸어 내려가 퓨이의오토바이를 몰고 오르막길을 다시 올라와야 했다.

나 혼자 오토바이를 힘껏 달려 퓨이를 뿌리칠 때도 있었다. 사이드미러에서 퓨이는 점점 멀어져 갔다. 그렇게한참을 달려 나무 그늘에 앉아 담배를 피우며 쉬고 있으면 길 끝에서 흙먼지를 일으키며 달려오는 조그만 점

하나가 보였다. 퓨이였다. 그녀의 얼굴은 흙먼지로 얼룩
져 있었다. 나는 그녀의 헬멧을 벗겨 다시 씌워 주었다.
헬멧을 거꾸로 쓰면 어떡해.

　스콜을 만나 길이 진흙탕이 되면 오토바이를 몰기가
어려웠다. 우리는 중산간 소수민족의 집 처마에서 비를
긋기도 했고 그들에게 음식을 얻어먹기도 했다. 당시에
는 1달러짜리 게스트하우스도 있었다. 내가 머물던 루
앙프라방의 게스트하우스도 에어컨 달린 방이 하루
에 5달러였다. 1달러짜리 게스트하우스는 모기장 속에
매트리스 하나가 놓여 있는 것이 전부였다. 서른 살의
나는 그런 곳에서도 잘 수 있었지만, 퓨이는 그러질 못
했다. "핫 샤워?" 게스트 하우스 입구에서 그녀는 주인
에게 언제나 이렇게 물었다. 나는 여성들이 꼭 핫 샤워
를 해야 한다는 걸 그때 알았다. 가끔 퓨이가 내 방문을
두드렸다. 초이, 내 방에는 모기가 너무 많아. 나는 퓨이
의 게스트하우스로 가(나는 1달러짜리에서 머물렀으니까) 방문
아래로 난 문틈을 막아주었다.

사진을 찍다가 원주민에게 쫓기기도 했다. 사진에 대한 열정이 넘쳐날 때였다. 삼각대까지 가지고 다닐 때였으니까. 사진을 찍고 있는데, 낫을 든 원주민이 소리를 지르며 쫓아오는 것이었다. 나는 놀라서 카메라를 가방에 대충 넣고 힘껏 내달렸다. 퓨이는 벌써 저만치 앞서 달리고 있었다.

오토바이의 뜨거운 머플러에 종아리가 닿아 화상을 입은 적도 있다. 다행히 마을이 가까이 있어 치료를 받을 수 있었다. 연고를 바르고 반창고를 붙이려는데, 내 종아리에는 털이 많아 반창고가 붙지 않는 것이었다. 갑자기 주인아주머니가 일어서더니 수돗가로 가 낫을 숫돌에 슥슥 갈아대는 것이었다. 뭐 하는 거지? 왜 또 낫인 거지? 잠시 후 아주머니는 낫을 들고 내게로 오더니 종아리에 난 털을 밀어대기 시작했다. 퓨이와 동네 주민들은 나를 둘러싸고는 키득댔다. 종아리는 매끈해졌고 반창고는 다행히 잘 붙었다.

므앙씽이라는
별

최종 목적지인 므앙씽에 도착했다. 중국 남서부 국경
과 가깝다. 므앙씽으로 출발하기 전날, 게스트하우스에
서 맥주를 마시다 스웨덴에서 온 여행자 얀스와 이야기
를 나누게 되었다. 그는 이곳에 오기 전 므앙씽에서 일
주일을 보냈다고 했다.

"므앙씽은 어떤 곳이지?" 내가 물었다. "아름다운 별
이지." 얀스가 대답했다. "별이라니?" 얀스는 저녁 하늘
의 저편을 가리켰다. 첫 별이 희미하게 돋아나고 있었다.
"므앙씽은 우주 한가운데 고요히 떠 있어. 그림자를
닮은 사람들이 살고 있는데 '미소'라는 언어를 사용하
지. 그들의 얼굴 근육은 우리보다 훨씬 진화해서 수백
가지의 미소를 만들어낼 수 있어. 네가 므앙씽으로 간다
면 따뜻한 미소로 맞아줄 거야. 밤이면 하늘을 바라봐.
네가 지금까지 보아온 별들을 모두 합친 것보다 열 배

는 많은 별들이 떠 있을 테니까."

므앙씽에 도착했을 때는 저물 무렵이었다. 마을은 끝없이 펼쳐진 푸른 들판에 둘러싸여 있었다. 지붕에서는 밥 짓는 연기가 퍼지고 있었다. 멀리서 노을이 뭉게뭉게 피어올랐다. 여기가 므앙씽이라는 별이군. 므앙씽이라는 별에 도착한 어리둥절한 지구인인 나와 퓨이는 우선 하룻밤 묵을 곳을 찾아야 했다. 나는 싼 곳으로 퓨이는 핫샤워가 가능한 곳으로.

짐을 대충 정리하고 게스트하우스 레스토랑에서 커피를 마시며 앉아 있으니 어둠이 찾아왔고 별이 돋기 시작했다. 하나둘 떠오르던 별들은 어느새 밤하늘에 가득 찼다. 나는 우주에 그렇게 많은 별들이 떠 있다는 것을 그날 밤 처음 알았다. 그리고 수많은 반딧불들. 반딧불은 별과 별 사이를 유영하는 또 다른 별이었다.

"Amazing!" 누군가 내 옆에서 짧은 감탄사를 내뱉었다. 중년의 여행자가 서 있었다. 독일에서 왔다는 그는 자신을 사진작가라고 소개했다. "여긴 정말 환상적인 곳이군요." 그가 마미야645카메라를 만지작거리며 말했다. "아름다운 별이죠." 나는 그를 바라보며 웃었다. "당신도 여기를 별이라고 표현하는군요. 여기까지 오며 만난 다른 여행자들도 이곳 므앙씽을 당신과 똑같이 말했어요." "나 역시 다른 여행자가 말한 것을 그대로 말했을 뿐이에요. 아마 릴케가 이곳에 왔더라도 이렇게 표현하지 않았을까요?" 우리는 더 이상 이야기하지 않았다. 각자의 마음과 생각으로 밤하늘의 별을 바라보았다. 멀리서 풀벌레 소리가 들렸다.

그리고 일주일 동안 나는 므앙씽이라는 별을 오토바이를 타고 여행했다. 므앙씽을 떠나기 전날, 독일인 사진작가와 게스트하우스에서 다시 만났다. 그는 이렇게 말했다. "특별한 경험이었어요. 잠시 지구를 벗어나 있었던 것 같았어요. 밤이면 거대한 은하를 여행하는 기분이었죠." 나도 고개를 끄덕이며 말했다. "나 역시 그렇게 느꼈어요."

나와 퓨이는 우리가 떠나왔던 길을 되짚어 오토바이를 빌린 마을로 돌아왔다. 돌아오는 길에서는 다행히 원주민에게 쫓기지는 않았다. 퓨이는 어느새 오토바이를 잘 타는 씩씩한 홍콩 아가씨로 변해있었다. 오르막길도 혼자 잘 올랐다. 하지만 핫샤워는 끝내 포기하지 않았다.

퓨이의 오토바이에 펑크가 난 적이 있었다. 수리를 하기 위해서는 한 시간 정도 떨어진 마을까지 가서 트럭을 불러와야 했다. 퓨이를 혼자 두고 갈 수 없어 배낭을 펑크 난 오토바이 옆에 두고 뒷자리에 퓨이를 태우고 갔다. 두 시간 만에 트럭과 함께 돌아오니 오토바이 옆에 아이들이 모여 있었다. 아이들은 누가 배낭을 가져갈까 봐 지키고 있었다고 했다. 내가 여행한 라오스는 그런 곳이었다.

우리는 가끔 마을에 들러 점심을 먹었는데, 식당에는

따로 메뉴판이 없어 음식을 주문하기 위해서는 소와 돼지의 울음소리를 내야 했다. 가끔 마당의 닭이나 들판의 염소를 가리키기도 했다. 그럴 때면 음식이 나오는 데 시간이 더 걸렸던 것 같다. 퓨이와 내가 내는 소, 돼지, 닭 울음소리는 서로 달랐는데, 라오스 사람들은 퓨이의 흉내를 더 잘 알아들었다. 같은 동남아 사람이라서 그런 걸까.

마을 사람들 단체 사진을 찍어 주기도 했다. 사람들은 자기가 가지고 있는 가장 좋은 옷을 꺼내 입고 왔다. 그럴 때면 퓨이가 많은 도움이 됐다. 그녀는 사람들을 한자리에 모으고 자리를 잡게 했다. 아이들은 앞에 앉히고 키가 큰 사람들은 뒤에 서게 했다. 마을 어르신 한 명은 내게 자신의 딸과 결혼해 주면 좋겠다고 했다. 나는 퓨이를 가리키며 와이프라고 하며 고개를 저었다. 마을을 나올 때 할아버지의 딸은 내게 "당신과 퓨이가 부부가 아니라는 걸 알고 있어요"하고 말했다.

므앙씽을 떠날 때 므앙씽의 붉은 황톳길에서 주운 돌

하나를 주머니에 넣었다. 그것은 내가 므앙씽이라는 신비로운 별에 다녀왔다는 작은 증거였다.

희미해지고 어렴풋해진다는 것
사라진다는 것

그리고 시간이 많이 흘렀다. 이젠 그때의 여행이 어렴풋하고 아득하게만 느껴진다. 내가 추억하는 므앙씽에서의 내 모습은 내가 아닌 듯 낯설기만 하다. 므앙씽에서 주워 온 돌멩이, 갓 태어난 포유류처럼 따뜻했던 그 돌멩이, 므앙씽이 그리울 때마다 만지작거리던 그 돌멩이는 몇 번의 이사를 거치는 동안 사라졌다. 퓨이도 어느덧 중년의 아주머니가 되었을 것이다.

그 시절이 그립긴 하지만 다시 돌아가고 싶지는 않다. 모든 것이 이미 변했을 테니까. 그때의 모습은 온데간데없을 테니까.

살아오며 차라리 마음속에 간직하는 것이 더 나을 때

가 있다는 것을 알게 됐다. 뒤돌아보니 모든 것이 희미하고 어렴풋하다. 점점 희미해지고 어렴풋해지다가 어느 날 흔적도 없이 사라지겠지. 사라지지 않는다면 어디론가 떠나가겠지. 므앙씽에서 가져왔던 그 돌멩이처럼 말이다. 아, 어쩌면 그래서 더 아름다운 것일지도 모르겠다. 사라지니까, 남지 않으니까, 잊으려 애쓰지 않아도 되니까.

뒤돌아보면 흙먼지 자욱한 길 너머, 서른 살의 내가 맹렬히 오토바이를 타고 있다. 그런 때가 있었다는 것. 사랑도 인생도 그런 때가 있었다는 것, 그것이면 충분하다.

훌륭한 인생도 좋지만
즐거운 인생이 더 낫지 않을까요?

이런 여행을
계속할 수 있다면

배우 K 형과 함께 후쿠오카에 왔습니다. 3년 만의 여
행입니다. 후쿠오카 공항에 비행기가 착륙할 때 약간 겁
이 나더군요. 아무리 비행기를 많이 타도 이 무서움은
사라지지 않네요.

공항을 빠져나와 돈가스와 맥주로 점심을 먹었습니
다. 전갱이 튀김도 시켰습니다. 기름을 잔뜩 머금은 전
갱이 튀김은 더 이상은 고소할 수 없을 정도로 고소하
더군요. 입술에 묻은 튀김 기름을 닦으며 이 맛있는 튀
김을 한국에서도 아무 때나 먹을 수 있다면 좋겠다는
생각을 했던 것 같습니다.

우리 일행이 탄 차는 산등성이를 따라 난 위태로운 도
로를 비틀비틀 달려 야메 시의 어느 민박집으로 들왔습
니다. 차창 밖, 산골짜기 아래 드문드문 서 있는 집 담
벼락에는 홍매화가 붉은 점처럼 피어 있었습니다. 민박

집은 일본 남자와 필리핀 여자 부부가 운영합니다. 이제 막 걸음마를 시작한 사내아이 하나를 키우고 있습니다. 마당을 돌아다니며 모이를 쪼아먹는 커다란 닭도 있고요. 우리가 도착했을 때, 여자 대학생 여섯 명이 머물고 있더군요. 나흘 째 머물고 있다고 했습니다. 아무것도 없는 이 산골짜기 민박집에 말입니다. 뭐랄까, 조금은 신기한 광경이었습니다.

민박집 주변으로는 녹차밭이 펼쳐져 있습니다. 야메는 일본에서 가장 좋은 녹차를 만들어내는 곳입니다. K 형과 저는 녹차밭 주위를 산책했습니다. 주인장이 우려 준 녹차에는 진한 생풀 맛이 났습니다.

저녁 식사는 여대생들과 함께 먹었습니다. 그들이 밥과 미소된장국, 채소 절임, 고기볶음, 샐러드 등을 준비했더군요. 그냥 자연스럽게 한 자리에 앉아 먹게 됐습니다. 상 위에 식사가 차려지자, 못 보던 할아버지며 청년이 와서는 우리와 함께 앉아 맛있게 식사를 하고 사라지더군요. 아무도 그들이 누군지 묻지 않았습니다. 이곳에선 그냥 이런 식으로 먹는가 보다 하고 생각했습니다. 우리는 밥과 국을 안주 삼아 마트에서 사 온 사케를 나눠 마셨습니다. 세 가지 종류를 사 왔는데, 하나는 약간 거칠었고, 다른 하나는 밸런스가 좋았고, 다른 하나는 마일드하면서도 달았습니다. 서로의 취향에 따라 맛있게 마셨습니다.

저녁을 먹고 민박집 마당에서 불을 피웠습니다. 후쿠오카의 어느 산골짜기에서 모닥불을 피우다니요. 일주일 전만 해도 상상도 하지 못했던 일이었습니다. 하늘에는 별이 쌀알을 뿌려놓은 듯 떠 있었습니다. 카시오페아, 오리온, 북두칠성이 머리 위에서 반짝였습니다. 아주 오랜만에 떠올려 보는 별의 이름이었습니다. 고개가 아프도록 오래오래 그 별들을 바라보았는데, 저 어느 별에서도 우리와 같은 이가 지구를 바라보고 있을 것이라고 생각하니 가슴 한쪽이 쩡해졌습니다. 서쪽 하늘 낮은 곳에 유난히 밝은 별 하나가 있었는데, 인공위성일 확률이 높다고 하더군요.

"10년 뒤에 어떤 모습일 거 같아요?" K 형이 손바닥을 펼쳐 모닥불을 쬐며 제게 물었습니다.

"제가 좋아하는 일을 하며 살았으면 해요." 저는 이렇게 대답했습니다.

"좋아하는 일을 하는 것보다, 싫어하는 일을 하지 않는 것이 어쩌면 더 좋은 인생일 수도 있어요." K 형은 이렇게 말하며 모닥불 앞으로 당겨 앉았습니다. "저는 이제 별다른 욕심 없어요. 그냥 적당히 마시고, 적당히 여행하고, 적당히 즐겼으면 좋겠어요. 이런 여행을 계속할 수 있다면 더할 나위 없는 인생이겠지요. 아, 어쩌면 이게 큰 욕심이려나."

지금까지 여행작가로 살아오며 일본을 수십 차례 다녔지만 이런 여행은 처음입니다. 산골짜기 녹차밭 사이에 자리한 민박집에서 여행을 온 일본 여대생들이 차려준 소박한 음식을 처음 보는 사람과 나눠 먹은 후, 모닥불을 쬐며 우리는 십 년 뒤에 어떤 인생을 살고 있을까를 이야기하는 여행이라니요. 게다가 우리 머리 위에는 수많은 별들이 반짝이며 둥글게 회전하고 있습니다. 별인 척 반짝이며 우리의 이야기를 듣고 있는 인공위성도 있고요.

누군가가 지금의 저에게 "어떤 인생을 살고 싶어요?" 하고 묻는다면 저 역시 "이런 여행을 조금 더 할 수 있다면 좋겠어요"하고 대답하겠습니다. 여행은 우리에게 '이런 인생(여행)을 조금 더 살(할) 수 있다면, 그것만으로도 좋겠다.' 이런 생각을 가지게 해주는 것 같아요. 여행을 하며 우리는 자주 이렇게 생각합니다. '네, 이거면 충분해요.' 지금으로선 그게 최선의 대답인 것 같습니다.

밤이 점점 깊어가고 있습니다. 내일은 기온이 많이 오를 것이라고 합니다. 하루 이틀 뒤 벚꽃이 화들짝 필 수도 있다고 하는군요. 운이 좋다면, 이번 여행에서 난분분 난분분 흩날리는 벚꽃비를 맞을 수도 있을 것 같습니다.

술을 더 마시겠다는
각오로 살았다면

다음 날 아침 일찍 민숙집을 나와 '키타야 양조장'으로 향했습니다. 사실 우리가 일본으로 여행을 온 이유는 술을 마시기 위해서입니다. 일본 전역을 돌며 모든 사케를 마셔보겠다는 무지막지한 포부를 가지고 있습니다. 불가능하리라는 것을 알지만, 가능한 선까지 최선을 다해보려고 합니다.

"해봅시다!"

우리는 강릉의 어느 횟집에서 이 무모한 결심을 언젠가 실행하리라 약속했고, 드디어 그 첫 여행을 떠나온 것입니다. 그래서 아침부터 양조장으로 주섬주섬 찾아들었습니다. 야메는 규슈 제일의 곡창지대인 만큼 좋은 양조장이 없을 리가 없겠죠.

키타야 양조장은 창업한 지 200년이 되는 유서 깊은 곳입니다. 한국에서 이 양조장에서 만든 고구마소주인

'진쿠'와 보리소주인 '고쿠'를 마셔 본 적이 있습니다. '키타야 고쿠조 다이긴조'도 한국의 이자카야에서 맛볼 수 있는 사케입니다.

"맛이 투명합니다. 우아한 향이 코끝을 감싸는 것이 계속 마셔도 싫증이 나지 않을 것 같아요. 균형감이 특히 좋은 것 같아요. 아! 맛있네요."

K 형의 품평입니다.

양조장을 나와 '사카구치'라는 가쿠우치로 향합니다. "12시인데 벌써 2차예요. 양조장에서 사케랑 소주를 제법 마신 거 같아요." 내가 이렇게 말하자 K 형이 "아, 모르겠다. 일단 마시고 보자고"하며 포렴을 힘차게 열고 들어갑니다.

가쿠우치는 서서 후다닥 마시는 다치노미야와 비슷한데, 주류도매상이라는 점에서 구분되죠. 사카구치는 키타야 양조장의 둘째 아들이 운영한다고 합니다. 우리가 들어서자 냉장고에서 대뜸 커다란 사케 두 병을 꺼내더니 잔에 따라줍니다. 그리고는 간장과 소금이 각각 담긴 조그만 종지를 내어줍니다.

"사케 한 잔을 마시고 간장과 소금을 약간씩 찍어 맛보세요. 이 사케가 간장과 어울린다면 회와 함께 마시기 좋은 사케고, 소금을 찍어 먹었을 때 맛이 더 좋다면 고기 요리에 어울리는 사케라는 뜻입니다."

와, 과연 그렇군요! 이 사케는 간장이 맛있고, 저 사케는 소금이 어울리는군요. 지금까지 일본을 여행하며 사케를 마셨지만 이 사실은 몰랐습니다.

"사케라면 전부 회에 어울린다고만 생각했는데, 잘못된 생각이었어요."

K 형도 이렇게 말하며 사케 잔을 비웁니다. 소금 한 꼬집에 사케 한 잔, 간장 약간에 사케 한 모금.

취기가 약간 오릅니다. 관자놀이가 발갛게 달아올랐습니다. 관자놀이가 붉어질수록 용감해지고 무모해지는 것. 술꾼들의 특징이죠.

"술을 더 마시겠다는 각오로 살았다면 우린 지금보다 더 훌륭한 인간이 되었을 텐데 말이야."(K 형)

"지금도 그다지 못난 인간은 아닙니다. 충분히 훌륭하지는 않지만 그럭저럭 봐줄 만한 인간들이죠. 그러니까 술병을 들고 앞으로 가시죠."(나)

"한 잔 더 하러 갑시다!"

K 형이 가쿠우치를 나와 성큼성큼 걸어갑니다. "앗, 조또마떼!" K 형의 팔을 잡습니다. 우리 이제 나이를 생각합시다, 형님. 그래도 찻집에서 잠깐 숨 좀, 아니 간 좀 돌립시다. 간에게도 휴식을.

그래서 찾은 곳은 '마루야 사보우'라는 찻집입니다. 녹차로 유명한 야메인데, 이왕 온 거 녹차 맛은 봐야 하지 않겠습니까. 우리는 말차 한 잔씩을 주문합니다. 기모노를 입은 여주인은 물을 끓이고 다완을 준비합니다. 동작 하나가 자로 금을 그어놓은 듯 딱 딱 끊어집니다. 주전자에 물을 붓든 국자를 든 손동작도, 손님에게 차를 건넬 때 차완을 쓰다듬는 동작도 마치 사관생도의 제식 동작을 보는 것 같습니다.

"전 아무래도 이게 적응이 안 되네요." 제가 K 형에게

나지막히 말합니다.

"나도 마찬가지야. 뭔가 조금 부담스럽고 어색해요."

K 형이 들킬까 봐 소리 죽여 말합니다.

"차 맛은 어떠세요?"

"뭐라고 할까…… 일본 차 특유의 비릿한 맛이 좀 있군요."

음, 그렇군요. 차에 대해서는 문외한인 저는 잠자코 마십니다. 그러고 보니 진한 생풀 맛이 나는 것도 같습니다. 저는 차보다는 차와 함께 나오는 다식이 더 맛있습니다. 아무튼 그렇습니다. 흠흠.

포만감은
인생의 아주 중요한 감각이죠

찻집을 나와 이자카야로 갑니다. 어느새 오후가 되었습니다. 술꾼은 오후를 좋아하는 법이죠. 죄책감을 조금이나마 덜 수 있으니까요. 우리가 찾은 곳은 '우오타카'라는 이자카야입니다. 전형적인 일본식 이자카야네요.

작은 바가 있고, 너덧 명이 어깨를 붙이고 앉을 수 있는 좌식 테이블이 있습니다. 우리는 바 한쪽에 자리를 잡고 앉았습니다. 건너편에는 벌써 취기가 오른 술꾼 둘이 앉아 잔을 주거니 받거니 하고 있습니다.

'3종 세트'로 술을 주문합니다. 사케를 종류 별로 한 잔씩 시음할 수 있습니다. 안주는 고등어깨무침입니다. 좋은 안주죠. 자, 술이 나왔습니다. 술은 왼쪽부터 약간 좋은 것 - 조금 좋은 것 - 많이 좋은 것 순으로 놓여 있습니다. (그렇지만 술은 안 좋은 것이 없답니다. 흐흠.)

"어느 것부터 마시겠어요?" K 형이 제게 묻습니다. 저는 대답합니다.

"좋은 것부터 마시겠습니다."

"왜요?"

"나중에 먹으니까 진짜 맛을 모르겠더라고요."

옛날엔 좋은 건 아꼈다가 나중에 먹었는데, 지금은 좋은 것부터 먹습니다. 살면서 배우게 된 것이죠. 먹고 싶은 것, 하고 싶은 것은 처음 할 때의 그 기분이 가장 좋은 것 같습니다. 나중이 되면 흥미가 떨어지고 심드렁해져요. 이젠 좋은 건 안 아낍니다.

가장 맛있는 술을 깨끗하게 비우고 안주 한 젓가락. 그리고 그다음 술로 다시 넘어갑니다. 또다시 안주 한 젓가락. 이런, 어느새 배가 부릅니다.

"포만감, 기분 좋은 포만감은 인생의 아주 중요한 감각이라고 생각해요."

K 형이 술 한 모금을 마시고 이렇게 말합니다.

"포만감을 사랑할 줄 알아야 제대로 된 인생이죠. 요즘 사람들은 포만감을 죄책감으로 받아들이는 게 참 안타까워요. 옛날에는 아주 희귀한, 느끼기 드문 감각이었데 말입니다."

그렇습니다. 적당히 취하고 배가 부른 것보다 좋은 인생은 없습니다. 살다 보면, 내가 살아온 길 위에 무엇이 남았을까 하고 뒤돌아보는 것이 별 소용이 없다는 걸 알게 됩니다. 그것보다는 지금 내 앞에 놓인 술 한잔과 음식 한 접시가 더 중요하죠. 거기에 만족하면 되는 겁니다. 폐 끼치지 않고 골목의 아늑한 술집에서 좋은 친구와 시간을 보내는 것만큼 즐거운 일은 없죠.

술집을 나왔습니다. 어느새 해는 졌군요. 우리는 노을이 지는 거리를 걸어갑니다. 발걸음이 가볍습니다. 즐겁습니다. 인간이 살면서 누려야 할 가장 중요한 덕목은 즐거움입니다. 훌륭한 인생도 좋지만 즐거운 인생만큼은 못하죠. 기억하세요. 잠들기 전, 우리 몸에 희미한 전류처럼 남아 우리를 미소 짓게 하는 그 감각은 오직 즐거움뿐이라는 것을요.

그리운 것들은
모두 해변에 모여

지난해 연말부터 올해 초, 이십여 일을 강릉에서 보냈다. 바다가 보이는 오피스텔을 빌려 살았다. 아주 오래전부터 바다가 보이는 곳에 살아 보고 싶다는 열망이 있었는데, 마침 기회가 되어 그 열망을 실현할 수 있었다. 짐은 단출했다. 여행용 트렁크에 옷가지 몇 벌을 넣었고 노트북과 책 몇 권을 챙겼다.

강릉에서의 생활은 단조로웠다. 늘 그렇듯 새벽 세 시에 일어나 에스프레소와 초콜릿을 먹었다. 그리고 노트북을 켰다. 하지만 아무것도 쓸 수 없었다. 아무것도 떠오르지 않았으니까. 그래도 괜찮았다. 여기는 바닷가니까. 바다는 생각하는 인간을 싫어하니까. 베란다 창문을 3센티미터만 열어놓아도 파도 소리가 방으로 밀려 들어왔다. 나는 빌 에번스나 셀로니우스 몽크, 랑랑, 백건우를 틀어 놓고 피아노 사이로 서서히 스미는 파도 소리를 혹은 파도 소리 사이로 번져가는 피아노를 들었다.

그러다 보면 푸른색이 짙어지며 새벽이 왔고 곧이어

수평선 너머의 하늘이 옅은 분홍으로 물들기 시작했다. 나는 두꺼운 외투를 입고 바닷가로 나갔다. 해변을 따라 난 산책로를 따라 해가 뜨는 방향으로 걸었다. 십여 분을 걸어 가면 조그마한 포구에 닿았는데, 그때쯤이면 해가 떴다. 나는 해를 등 뒤로 하고 다시 방으로 돌아왔다.

숙소 가까이에 근사한 카페가 있었는데, 그 카페에는 다소 옛날스러운 블랙퍼스트 메뉴가 있었다. 예가체프에서 케냐AA, 과테말라 등으로 매일매일 바뀌는 '오늘의 커피'와 주인이 직접 만든 식빵 한 조각, 딸기잼, 삶은 계란, 요구르트와 시리얼이 놓이는 근사한 트레이였다. 나는 이층 통유리 테이블 앞에 앉아 파도를 바라보며 아침을 먹었다. 고레에다 히로카즈의 영화에서였나, 바닷가에 살고 있는 어느 등장인물이 이렇게 이야기한다. "매일 바다를 보지만 똑같은 파도는 하나도 없어." 아침을 먹고 있으면 배들이 바다 위에 나타났다. 배들은 왼쪽에서 오른쪽으로, 그러니까 해 뜨는 방향으로 힘차게 달렸다.

바다가 보이는 테이블에 앉아 글을 쓸 때도 있었고, 펴내야 할 책의 원고를 읽을 때도 있었다. 세금계산서 발행을 위해 국세청 홈페이지에 접속해야 할 때도 있었다. 글을 쓸 때도, 원고를 읽을 때도, 세금계산서를 발행할 때도 '여기까지 와서 무슨 짓이람' 하고 생각했지만 어쩔 수 없었다. 해야 할 일은 해야 할 일이었으니까.

일주일 정도 지나자 바닷가 생활에 어느 정도 익숙해졌다. 익숙해졌다는 말은 게을러졌다는 말이다. 아침에 일어나 에스프레소와 초콜릿을 먹고 바닷가 산책을 다녀 와 카페에서 아침을 먹는 것까지는 똑같았지만, 일은 하지 않았다. 바다는 일 따위나 하러 온 이방인을 좋아하지 않는다는 것을 알게 된 것이다. 일은 서울 쪽으로 멀찌감치 밀어두었다. 노트북을 열다가도 '이런 건 해서 뭐하게' 하는 생각이 들어 얼른 덮고는 책을 폈다. 어느 문학평론가의 시 평론을 읽었고, 어느 소설가가 경주에 산 이야기를 읽었다. 시를 다시 쓰고 싶었고, 경주에 살아 보고 싶었다.

삼십 대 시절, 라오스 루앙프라방에 오래 머문 적이 있다. 몇 번 루앙프라방을 다녀온 이후 루앙프라방에 관한 글이 쓰고 싶어 게스트하우스 하나를 빌려 살았다. 루앙프라방으로 떠나기 전 새 몰스킨 노트를 사서 '이 노트를 루앙프라방에 관한 글로 가득히 채우겠어'하고 다짐했지만 고작 한 페이지 남짓을 썼을 뿐이다. 루앙프라방에서는 그냥 놀았다. 자전거를 빌려 골목 골목을 쏘다녔다. 훗날 '목요일의 루앙프라방'이라는 제목의 책으로 나왔으니 다행이다. 강릉에서도 그러기로 했다.

강릉에 있는 동안 약속 때문에 서울에 다녀오기도 했다. 새벽에 출발해 미팅을 하고 다시 강릉으로 돌아오면 오후 두 시였다. 고향 친구들과 송년회를 하기 위해 김해에 다녀온 적도 있다. 강릉에서 김해까지, 7번 국도를 따라 내려갔다. 동해와 삼척, 울진, 영덕, 포항을 차례대로 지났다. 쉬엄쉬엄 가니 다섯 시간이 걸렸다. 술을 마시고 다음 날 다시 포항과 영덕, 울진, 삼척, 동해를 지나 강릉으로 돌아왔다.

오후의 카페에 앉아 있으면 바다로 나갔던 배들이 포구로 돌아오는 것이 보였다. 시계를 보면 얼추 네 시 무렵이었다. 배들은 오른쪽으로 왼쪽으로 달렸다. 해가 지는 방향이었다. 갈매기들이 배 위를 떼 지어 맴돌았다. 그때쯤 나는 가방을 챙겨 포구로 갔다. 배가 돌아오는 시간이 내 퇴근 시간이었다. 포구에는 직접 잡아 온 물고기를 파는 난전이 있었는데, 그곳에서 회를 떴다. 기본 오만 원. 할머니가 우럭과 이런저런 잡어를 한 접시 썰어주었다. 나는 할머니께 반은 회로 썰고, 반은 포로 떠달라고 부탁했다.

숙소로 돌아와서는 포구에서 떠 온 회를 놓고 맥주를 마셨다. 베란다 문을 조금 열어놓으면 차가운 겨울바람이 밀려들었고, 방은 바람에 실려 온 파도 소리로 분주했다. 동쪽 해안의 낮은 짧아서 금방 어두워졌다. 포를 뜬 회는 다음날 미역국을 끓이고 회덮밥으로 만들어 먹었다. 그러고도 남은 회는 다음다음 날 회로 먹었다. 숙성이 되어 더 맛있어서 소주가 잘 들어갔다.

어느 날 포구 주위를 산책하다가 점집을 보게 되었다. 문득 호기심이 일어 문을 열고 들어갔다. 나이 지긋한 법사님이 앉아 계셨고, 책상 앞에는 이체 계좌가 쓰인 종이가 놓여 있었다. 나는 카카오뱅크로 오만 원을 이체하고 생년월일시를 말했다.

___ 법사 : 남자가 오는 일은 드문데, 무슨 일로 오셨는가.

___ 나 : 제주도에 살아보고 싶습니다.

___ 법사 : 제주도는 자네랑 안 맞아. 서북 방향으로 가서 살아.

___ 나 : 저, 파주에 삽니다. 서북 방향이면 백령도, 연평도밖에 없습니다.

___ 법사 : 그러면 여기 동쪽도 괜찮으니 속초에서 사는 것도 좋을 거 같아. 가끔씩 나랑 막걸리도 마시고 하면서 말이야. 껄껄껄.

___ 나 : 올해 제 운은 좀 어떨까요?

___ 법사 : 당신은 그런 거 몰라도 돼. 그냥 지금까지 살아온 대로 살아. 사람이 뭐 바뀌나. 그런데 당신은

법사를 해도 잘할 것 같은데.

___ 나 : 올해는 돈을 좀 벌어야 하는데요.

___ 법사 : 남의 말 좀 들어. 휘어질 때도 있어야 해. 제
　　발 올해는 남의 말 좀 듣고 살아. 그러니까 일단 내
　　말부터 좀 듣고. 속초에서 살아.

___ 나 : 네, 감사합니다. 건강하세요.

　문을 나서며 '남의 말을 듣자, 남의 말을 듣자, 남의
말을 듣자'하고 세 번 되뇌었다. 그리고 휴대폰 알람에
등록했다. 매일 아침 열 시면 알림이 울릴 때마다 남의
말을 듣자고 마음속으로 되뇐다. 이번 책도 전부 남의
말을 들었다. 책 제목은 디자이너, 표지 디자인은 필자
중 한 분, 발행 부수 등은 지인이 하라는 대로 했다. 좋
은 결과가 있었으면 좋겠다.

　아무튼 강릉에서는 그렇게 살았다. 8킬로미터 거리에
경포대가 있었고, 가보고 싶은 막국수 집이 있었는데 가
지 않았다. 너무 멀게 느껴졌기 때문이다. 고작 이십 분

거리였는데 말이다. 바다를 산책하고 책을 읽고 포구에서 회를 떠서 소주를 마셨다. 다이소에 두어 번 다녀왔다. 그거면 충분했다.

매일 밤, 침대에 누워 파도 소리를 들었다. 바다는 어두웠지만 아득한 바다 한 가운데에서 불현듯 출현해 해변을 향해 밀려오는 파도 소리는 맹렬했다. 잠은 오지 않아 눈을 감고 파도 소리를 듣고 있으면, 파도 소리는 먼먼 옛날 어머니 손을 잡고 인천 맥아더공원으로 소풍을 갔던 일곱 살 시절로 나를 데려갔다. 딸아이를 유치원에 데려다주기 위해 조그만 손을 잡고 걷던 환한 벚꽃 길로도 나를 데려가 주었다.

희미한 파도 소리를 들으며 나는 눈을 감고 있었다. 이 파도 소리는 나를 어느 훗날로 데려가 줄까. 오래도록 눈을 감고 있었지만 나는 끝없이 어두운 바다 위를 맴돌 뿐이었다. 수평선 너머에는 뭐가 있을까. 수평선 너머에는 뭐가 있을까. 눈을 떠보니 하늘엔 별이 가득했다. 하지만 수평선 너머에는 수평선. 가도 가도 어두운 수평선만 이어졌다. 내가 그리워하는 것들은 모두 해변에 있었다. 파도는 해변을 향해 맹렬하게 밀려가고 있었지만 나는 수평선을 향해 나아가고 있었다.

모래를 꽉 쥐었던 빈 손을
바라보는 일

살다 보면 아주 어둡고 깊은 터널을 지나고 있다는 생각이 들 때가 있다. 나 역시 지난 일 년이 그랬다. 매일매일 이 어둠의 끝은 어디일까, 언제까지 이 막막한 어둠 속을 달려야 하는 것일까 하고 생각했다.

다행인 것은 거기에서 조금씩 벗어나고 있다는 느낌이 든다는 것이다. 봄이 왔고, 세상이 연둣빛으로 조금씩 물들어 가고 있는 요즘, 나는 예전과는 조금 다른 하루를 살고 있다. 다른 출근길을 다니게 됐고, 조금은 다른 음악을 듣게 됐다. 약간은 낯선 단어를 사용하고 있다.

우리 인생은 거의 무의미한 일들로 이루어져 있지만, 그 무의미한 일들이 반짝이며, 어둡고 고단한 밤길을 걷는 우리에게 위로를 준다는 것도 알게 됐다. 몇 해 전, 인도 임팔에서 코히마로 가는 길, 주유소에 잠깐 내려 고개를 들어 바라보았던 밤하늘, 이마를 어지럽게 밝히던 북극성이며 카시오페아가 아니었다면, 그 무의미한 반짝임이 아니었더라면, 나는 덜컹거리는 먼지의 밤길을 어떻게 견딜 수 있었을까. 아름다운 것들은 대부분 외롭고 무용하며, 외롭고 무용한 것들은 대부분 아름답다.

오늘 새벽, 비 그친 옥상에 나갔다가 동녘 하늘에 파르르 떨고 있는 별 하나를 만났다. 코히마의 산길에서 만났던 것과 같은 별이었다. 너는 아직도 같은 자리에서 나를 바라보고 있었구나. 나는 어떤 여행을 그리워하는 자세로 서서 오랫동안 그 별을 바라보았다. 요즘 부쩍 나는 아주 오랜 여행을 떠나고 싶어 한다. 이 일을 이십 년 동안 해오며 힘들어하고 자주 불평했지만, 사실 나는 그 누구보다 이 일을 사랑한다. 여행을 떠나고, 글을 쓰고, 사진을 찍는 일. 어느 겨울밤, 이 일을 정말 사랑하고 있다고, 이 일을 하며 끝까지 늙어가고 싶다고 누군가에게 고백했던 적이 있다

사는 건 손에 모래를 한 움큼 쥐고 서 있는 것이다. 손 아귀에 힘을 주고 모래를 꽉 쥐고 있지만, 스르륵 빠져 나가는 모래는 어쩔 수 없다. 빈손을 바라보는 일은 덧

없지만, 그래도 모래를 쥐었던 손의 감촉만은 생생하게 남아있다. 인생은 그 감촉을 안타까워하고 그리워하는 것이다. 그 옛날 그토록 소중했던 일이 지금은 아무 일도 아닌 것이 되었지만, 열렬했던 사랑의 날들을 지나와 지금 우리는 아무렇지도 않은 사이가 되었지만, 그것이 아쉽다는 건 아니다. 우리의 그 시간은 손바닥에 남아 있는 모래의 감촉처럼 영원히 사라지지 않을 테니까. 여전히 달콤하게 이 우주 속을 떠다닐 테니까. 다만 아쉬운 건…… 울어도 되지 않을 일에 울었던 날들이 많았다는 것뿐.

동이 터 오고 있다. 지평선이 옅은 분홍빛으로 물든다. 별은 작게 떨며 사라짐에 저항하고 있지만, 나는 알고 있다. 별은 이미 오래전에 사라졌다는 걸. 별빛은 사라진 별이 가지고 있는 우주에 관한 감각이라는 걸. 이번 생이 너무 혹독하다고, 발이 붓고 허리가 아프다고 불평하지만, 나는 사실 이번 생을 사랑하고 있다. 그래서 내 손에 더 많은 여행과 사랑의 감촉을 새기려 애쓰고 있다.

날이 밝으면 봄이 더 짙어질 것이다. 언젠가 이 깊은
터널도 끝이 나겠지. 안 좋은 일이 일어날 수 있는 게 인
생이고, 내 인생에 그런 일이 아주 잠깐 동안 일어났을
뿐이다. 별은 여전히 빛나고 있다.

나는 여행했고, 당신은 아름다웠다.

사랑하지 않지만
아플 수는 있어서

첫 마음으로 살아가는 건 아니다.
　그걸 아니 중년이 되었다.
　머리의 피가 반쯤 빠져나간 것 같은 날이 많고
　플라타너스 그늘 아래에서
　나를 잠시 빌려 쓰고 있다는 걸 느낀다.
　살면서 점점 온전한 인간이 되어 가고 있다고 착각하며
　인쇄소와 극장의 거리를 배회한다.
　눈물은 주차장에 두고 다닐 줄도 안다.
　아는 얼굴을 모른 척하며 모퉁이를 꺾는다.
　꿈이 있다면 뭘까. 바다를 보는 것일까.
　언제나 떠나려는 자세로 걸어가는 이유다.
　마음에 없는 일을 하러 먼 곳까지 기차를 타고 간다.
　모든 것에는 끝이 있다는 걸 알아서다.
　사실은 노을 앞에 섰는데 자전거 한 대가 지나간 것뿐
이다.
　여름에서 가을 쪽으로 갔는데
　자전거 핸들을 쥔 소녀는 팔목에 힘을 꼭 주고 있더라.
　비가 올지도 모른단다, 지평선 끝이 어두우니.

사랑하지 않지만 아플 수도 있는 것이 인생이란다.
우리가 팔목을 쓰다듬거나 물끄러미 바라보는 건
대개의 첫 마음이
너의 꼭 쥔 팔목과 닮았기 때문이란다.

서쪽 뺨으로 찾아온 노을

4장

처음처럼
몰랐던 사이가 되어 홀가분하게

어느 카페에서 이 글을 쓰고 있습니다. 커다란 창으로 들어오는 봄 햇살에 눈이 부십니다. 빌 에번스를 지나 어느새 브람스가 어울리는 계절이 되었군요. 어디론가 떠나고 싶은 날씨가 이어지고 있지만, 떠나고 싶을 때 훌쩍 떠날 수 있는 생을 아직 이룩하지는 못했습니다.

　약속 시간까지 조금 여유가 있습니다. 밀린 원고 때문에 경주 사진을 뒤적이다가 감포 해변에서 찍은 사진을 보게 됐습니다. 파도 앞에서 한 마리 새가 불안한 듯 서 있네요. 몸을 떨고 있는 듯 보입니다. 새의 모습은 희미하고 곧 사라지려 합니다. 이 사진을 찍을 때, 옆에서는 누군가 꽹과리와 북을 치며 기도를 올리고 있었습니다. 신라의 문무대왕이 죽어 묻혔다고 하는 감포 바다는 기도를 드리는 사람들이 많이 찾는 곳입니다. 또 한 장의 사진이 있네요. 경주 황룡사지 부근에서 찍은 것입니다. 안개 속에 잎을 다 떨어트린 나무가 서 있고 그 뒤로 추수가 끝난 들판이 펼쳐집니다. 들판에는 탑 하나가 서 있습니다. 자욱한 안개 속, 탑도 곧 사라지려고 하네요.

무엇을 잊기 위한 애절함이 사람들을 바다로 가 북을 치게 하고, 무엇을 이루기 위한 간절함이 우리를 빈 들판으로 이끌어 탑을 쌓게 만드는 것일까요. 지금 내게는 북을 치게 하고, 탑을 쌓게 만드는 애절함과 간절함이 있을까요. 글쎄요, 잘 모르겠습니다. 창밖, 봄 햇빛 아래 짙푸른 은행나무 잎은 명랑하게 반짝이는데, 식어버린 커피를 마시며 여행을 가지 못하는 삶을 투덜대고만 있습니다.

인생은 설명할 수 없는 일투성이입니다. 자세히 설명할 순 없지만, 아무튼 설명할 수 없는 일투성이입니다. 그래도 살다 보면, 더 살다 보면 모든 것이 이해되는 한 순간이 오지 않을까요. 모든 것을 용서하게 되는 순간이 흰수염고래처럼 불현듯 커다랗게 다가오는 날이 있지 않을까요. 우리가 사랑이라고 믿었던 것들 대부분이 사랑이 아니었다는 걸 깨닫게 되는 날, 우리의 인생이 대체로 부질없었다는 것을 알게 되는 날, 커다란 허무의 흰수염고래를 마주하는 그날을 기다리며 하루하루를 착실하게 지워 나가고 있습니다. 우리가 수평선을 향해 두 손을 모으고 탑 주위를 맴도는 것도, 아득한 거리를 날아 여행을 떠나는 것도 우리의 하루하루가 부질없다는 것을 어렴풋하게나마 짐작하고 있기 때문이겠죠. 언젠가 사라진다는 것을 알고 있기에, 우리는 지금이 간절할 수 있는 것입니다.

봄이 한창이지만…… 아시죠? 봄은 오는 순간 가고 있다는 것을요. 살아갈 날이 많이 남았다는 건 아직 슬퍼할 일도 그만큼 많이 남았다는 것을요. 우리에게는 아직 많은 작별이 남아있습니다. 매일 매일 조금씩 조금씩 잊다 보면, 우린 처음처럼 몰랐던 사이가 되어 홀가분하게 헤어질 수 있을 겁니다. 어느덧 약속 시간이 다 되었습니다. 오늘도 좋은 하루 보내시길.

세상은 당연한데
사는 덴 당연한 일이 없어서

임진강이 내려다보이는 카페에서 회의를 했다. 회의하
는 내내 오른쪽 어금니가 욱신거렸다. 임진강은 뿌연 안
개 속을 흐르고 있었다.

회의를 마치고 다음 달에 나올 새 책 교정을 보다가
어느 남미 작가의 소설을 읽었다.

소설을 읽다가 아주 오랜만에 연락이 닿은 후배와 통
화를 했다. 통화를 마치고 사무실로 돌아가는 길, 십몇
년 전인가, 소설을 쓰고 싶다는 그의 전화를 받은 적이
있다는 게 기억 났다. 그에게 뭐라고 답했는지 생각나지
않았다.

아마 열심히 써보라고, 하다 보면 언젠가 멋진 소설
한 편을 쓸 수 있을 거라고 하지 않았을까.

사무실로 돌아와 거래처 정산을 하고 치과에 갔다.
"아이고, 감독님, 오랜만에 오셨네요." 예전에 촬영 때
문에 예약을 바꾸고 싶다고 했는데, 그 이후부터 원장은
나를 감독님이라고 부른다.

"치과는 언제나 다 망가지고 나서야 오는 거 같아요."

이를 뺐다. 뿌리가 부러져 있다고 했다. "예전에 신경 치료 했던 거라, 아프지 않으셨을 수도 있어요." 그렇군. 이젠 신경이 무뎌져서 웬만큼 부러진 건 그냥 모른 척 하고 몸에 지닌 채 살아가는 모양이다.

이가 빠진 자리에 거즈를 대고 꽉 물었다. 간호사가 두 시간 동안 그러고 있으라고 해서 휴대폰 타이머를 두 시간 후로 맞췄다.

수납을 기다리는 동안 페이스북에 "이를 빼고 나니 앓던 이가 빠진 기분이다"라는 시시껄렁한 말을 써댔다.

사무실에 돌아가기도, 집으로 가기도 애매한 시간이 었다. 차를 몰고 자유로를 달렸다. 해는 열한 시 방향, 삼십 도 정도로 기울고 있었다.

거즈에서는 피가 배어 나오는 듯했다.

뱉지 말고 삼키라는 간호사의 말이 기억났다.

임진각 공원에는 반팔 티셔츠와 반바지를 입은 사람들이 많았다.

어느새 꽃은 졌고 봄은 가고 있구나.

살아가면서 우리는 인생에게, 서로에게, 스스로에게 점점 무뎌지겠지. 기억은 안개 속을 흐르는 강물처럼 어렴풋해지고 희미해지겠지.

계절과 인연은 타이머를 맞춰 놓은 듯 어김이 없어서, 가야 할 것들은 이토록 한 치의 망설임도 없이 가버리는구나.

세상은 이처럼 당연한 사실로만 이루어져 있다는 사실 앞에서, 나는 무슨 대단한 비밀이라도 알게 된 것처럼 약간은 시무룩한 마음이 되었다.

해 지는 자유로를 따라 집으로 돌아왔다.

배가 고파 편의점으로 들어가 점원에게 "일회용 죽이 어디 있어요?"하고 물었다. 휴대폰을 보고 있던 점원은 오른쪽 끝을 가리켰다. 야채죽 하나와 무알코올 맥주 한 캔을 샀다.

계산을 하고 나오며 점원에게 '일회용 죽'이라고 했다
는 걸 깨달았고, 거즈가 빠질까 봐 이를 깨물었다.

십몇 년 전에 나는 무엇을 하고 싶었을까, 기억나지
않았다.
지금처럼 글을 쓰며 살고 싶진 않았다는 건 분명한데,
결국 지금처럼 살고 있다는 생각이 들었다. 남들도 다들
그렇게 살고 있을까, 그럴까?
세상은 당연한데, 사는 덴 왜 당연한 일이 하나도 없
는 걸까. 서쪽에서 번져 온 빛이 발등 위에 엽서처럼 머
물고 있었다.
지금 이 빛 속, 가만히 멈춰 서 있는 모든 것들의 이마
에 입술을 대고 싶은 저녁이었다.

황혼의 기슭에 닿아
비로소 알게 되는 것

늦은 밤까지 탁주를 마시며 먼 빗소리를 듣고 있는데 제법 운치 있다. 젊었을 땐 이런 즐거움에 대해 몰랐던 것 같다. 누구나 그랬겠지만, 나 역시 친구들과 어울려 다니며 시끌벅적하게 노는 것이 좋았다. 떠들썩한 호프 집에서 맥주잔을 부딪히며 떠들어대야 제대로 살고 있구나 하고 느꼈던 것 같다. 상상력과 모험심, 용기로 가득했던 시절이었다. 우리는 어떤 사람이든 될 수 있다고 생각했고 무엇이든 할 수 있을 것이라는 자신감에 넘쳤다. 그런 자신감과 용기는 분명 좋은 것이다. 그 나이에는 그걸 연료 삼아 앞으로 쭉쭉 나아가는 것이니까. 넘어지고 다쳐도 다시 툭툭 털고 일어설 수 있는 건, 조금은 무모해 보이는 대책 없는 자신감과 그 무모함을 무릅쓰는 용기 때문이다.

그 시기를 지나 마흔 살이 넘어가면 비로소 일이란 무엇인가, 인생이란 무엇인가 하는 문제에 대해 생각해 볼 저마다의 계기가 생기고, 선배들과 깊은 이야기도 나누게 되는 것 같다. 세상을 보는 관점도 많이 바뀌어서 자

신의 일과 이익만 생각하고 앞만 보며 뛰어가는 것에
서 벗어나 시야가 넓어지게 된다. 주위를 둘러볼 줄 알
게 되고 사회와 이 세계 속에서 자신이 서야 할 위치와
이룩해야 할 사명이 무엇인지도 한 번쯤 고민하게 된다.
물론 이익도 포기할 수 없다. 먹고 살아야 하고 직원들
월급도 줘야 하니까.

책을 쓰는 사람에서 만드는 사람이 되고 보니, 세상이
참 다르게 보인다. 여행자는 여행자의 눈으로 세상을 바
라보고 비즈니스 맨은 비즈니스 맨의 눈으로 세상을 본
다. 좋은 책을 만들고 싶지만, 운영이라는 것도 해야 하
니 팔리는 책도 만들어야 한다. 이 사이에서 늘 고민하
고 갈등하는데, 앞서간 사람들의 자취를 참고하고 좇아
가다 보면 그들이 한없이 존경스럽기만 하다. 타협을 하
면서도 고집을 지키며, 어떻게 잘 견디고 버티며 성과를
이룩했는지 감탄하게 된다.

지금까지 그들을 보고 배우며 내린 결론은 '그래도 지

킬 건 지키자'다. 제품의 만듦새에 관한 각오일 수도 있고, 일의 룰과 사람을 향한 태도에 관한 이야기일 수도 있다. 사명감을 갖는다는 것, 뭔가 의미 있는 가치를 만들어 낸다는 것, 개성을 만들고 발전시켜 나간다는 것, 지속 가능하다는 것, 그리고 내 존재의의가 생긴다는 것. 이 모든 것이 지킬 건 지킬 때 비로소 가능하다는 걸 어렴풋하게나마 알아가고 있다.

빗소리 이야기에서 시작했다가 너무 멀리까지 왔다. 탁주 한 잔을 앞에 두고 한밤중의 빗소리를 즐길 나이가 됐으니, 일을 하는 데에도 그만큼 성숙해져야 한다고 스스로를 다잡고 꾸짖는 말이다. 여기에서 세월이 또 흘러 나이가 더 들게 되면 거기에 맞는 깨달음을 얻게 되고, 더 의미 있는 실천을 할 수 있지 않을까.

우리가 세월의 강을 따라가다 닿은 황혼의 기슭에서 깨닫게 되는 것은 결국 인생은 덧없다는 결론일 것이다. 그러기에 오히려 함부로 살지 말아야 한다고 생각한다.

허무하기 때문에, 사라지기 때문에 지금이 소중하고 중요하다. 모든 것이 덧없다는 걸 알게 될 때, 인생은 비로소 의미를 갖게 된다. 오늘 밤은 빗소리가 맑고 탁주가 달다.

적어도
부끄러움을 안다는 것은

책을 읽다가 부끄러움을 느낄 때가 많다. 훌륭한 문장을 읽으면 지금까지 써 온 내 어눌하고 서툰 문장이 한없이 부끄러워진다. 지우개로 지워버리고 싶다. 그렇다고 해서, 부끄럽다고 해서 글쓰기를 멈출 수는 없다. 지금 내게 주어진 일은 글쓰기밖에 없으니까.

다산 정약용이 썼다. "배우기를 좋아하면 지혜로움에 가깝고, 힘써 행하면 인자함에 가깝고, 부끄러움을 알면 용감함에 가깝다." 정조대왕이 말했다. "부끄러움을 알아야 부끄러움이 없으며, 부끄러움을 아는 것은 떳떳한 삶의 지표이자 의로움의 출발점이 된다."

부끄러움을 안다는 것은 지금 자신이 서 있는 자리를 안다는 것이다. 나아가야 할 올바른 방향을 안다는 것이다. 부끄러움이 우리를 반성하게 하고, 반성이 우리를 점점 더 용감한 사람으로 만든다.

문장뿐만이 아니다. 삶에서도 부끄럽다. 그동안 내가

지나온 삶은 온통 부끄러운 일과 행동으로 점철되어 있다. 자만했으며, 무책임했고, 타자의 고통을 모른 척했다. 그나마 다행인 것은 지금이나마 내가 저질렀던 그 행동이 부끄러운 일이라는 걸 알게 됐다는 것이다.

영화 〈활〉에 이런 대사가 나온다. "바람은 계산하는 것이 아니라 극복하는 것이다." 부끄러움도 마찬가지가 아닐까 싶다. 부끄러움을 계산하지 말고, 부끄러워하며 그것을 극복하자.

오늘도 새벽에 일어났다. 부끄럽지 않기 위하여 글을 쓰고 책을 읽고 여행을 하고 돈을 번다. 부끄러움을 무릅쓰고 때로는 적당히 모른 체하며, 나를 믿고 나아간다. 적어도 부끄러움을 안다는 것은 내가 그렇게 엉망진창은 아니라는, 나 자신을 약간은 믿어도 된다는 증거가 아닐까. 오늘의 부끄러움이 내일의 부러움을 만들어 줄 것이라 믿는다.

이게 다
나이가 하는 일이라서

살아간다는 건 산을 오르는 것과 비슷하다. 어느 정도 높이까지 올라가야 보이는 풍경이 있고, 높이마다 볼 수 있는 풍경도 다르다. 해발 100미터에서는 안 보이는 풍경이 1,000미터 지점에서는 보인다. 높이 올라갈수록 더 넓게, 더 멀리까지 볼 수 있다.

내가 온 길도 보이고, 내가 어디에 서 있는지도 보인다. 앞으로 얼마나 올라가야 할지도 대충 짐작할 수 있다. 정상에 가까울수록 "얼마 안 남았습니다. 힘내세요" 하는 응원의 말도 자주 들을 수 있다. 빨리 올라갈 필요가 없고 자기만의 페이스를 지키며 올라가는 것이 더 중요하다는 것을 알게 된다.

지금 와 생각하니 이삼십 대에 선배들에게 들었던 말이 다 맞는 것 같다. 그때 좀 제대로 새겨듣고 행동할 걸 하고 후회하지만, 다시 그때로 돌아간다고 해도 귓등으로 흘려들을 것은 불 보듯 뻔하다. "나이 들기 전에는 절대 이해 못 한다." "나이 든 사람의 이야기는 나이 들어서야 귀에 들어온다"라는 선배들의 말도 다 맞았다. 나이 들어서도 마찬가지다. 젊은 사람들이 하는 말은 귀에 안 들어온다.

마흔 살이 지나 오십이 가까워지면 내가 할 수 있는 일과 내가 가지고 있는 운이 빤히 보인다. 앞으로의 인생이 어떻게 진행될지 대충이나마 짐작은 할 수 있다. 그래서 불혹이라고 하고 지천명이라고 한다. 침엽수림을 지나 갑자기 활엽수림을 만나는 일은 드물다.

정상까지 가는 방법은 한 발짝 한 발짝 올라가는 것 말고는 없다. 왼발 앞에 오른발을 놓고, 다시 오른발 앞에 왼발을 놓는 일을 수없이 반복하다 보면 정상에 닿게 되는 것이다. 돈으로도 얻지 못하는 것은 끈기와 성실함으로는 얻을 수 있다.

어디선가 이마를 식혀주는 바람 한 점이 불어온다. 그 바람을 즐길 수 있다는 것. 인생은 고되고 힘들지만 맛있는 음식, 좋은 친구, 하루 동안의 여행 등 사소한 것에서 찾는 즐거움이 우리 인생을 지켜주고 우리를 버티게 해준다. 그러니까 그것들을 놓치지 말자.

지금 내가 하는 말이 귀에 안 들어오는 거 다 안다. 지금의 나도 선배들 말 안 듣는다. 알아서 잘살자는 말이다. 자기 인생은 자기가 꾸려가는 것이니까. 배워가는 것도, 깨닫는 것도 다 나이가 하는 일이다.

서로에게
최선을 다해야 하는 이유

글쓰기 강의를 듣는 학생 중에 명리학을 공부하는 학생이 있다. 수업이 끝나고 이야기를 나누던 중 작가가 되는 건 운명이 아닐까 하는 이야기가 나왔고 어쩌다가 명리학과 사주팔자에 대한 이야기로까지 이어지게 됐다. 그러다가 "작가님, 제가 작가님 사주 한 번 봐 드릴게요"하는 말까지 나왔다.

"앗, 저 그런 거 안 믿는데요."
"생년월일 불러 주세요. 그냥 재미로 보는 건데요, 뭘."

나도 모르게 생년월일시를 불렀다. 운명을 엿보고 싶어 한다는 것은 자신에 대해 더 알고 싶어 한다는 것일 수도 있다. 그리고 그건 아무래도 사람의 본능이지 싶다. '자신을 더 알고 싶다면 글을 써보세요'하고 말하는 내가 나를 알기 위해 사주팔자를 보고 있다니.

그가 말한 나는 다음과 같은 사람이다. 아주 섬세하다. 상당히 냉정하지만, 한 번 믿는 사람에게는 간이고 쓸개고 다 빼준다. 자기 관리가 엄격하며 스스로를 닦달하는 스타일이다. 자기가 원하는 대로 상황을 끌고 가야 한다. 신기할 만큼 돈 욕심이 없다. 그래서 재물 운은 그다지 좋은 편은 아니다. 그냥 쓰는 만큼, 필요한 만큼 그때그때 들어오는 편이다.

대부분 내가 알고 있는 사실들이다. 특히 내가 돈을 벌 팔자가 아니라는 것은 진작부터 눈치채고 있었다. 사람은 사십 대 중반이 넘으면 자기가 얼마만큼의 복을 가지고 있는지 대충 알게 된다. 이는 내가 잘할 수 있는 일이 무엇인지, 내가 하지 않아야 할 일이 무엇인지를 가늠할 수 있고, 이를 데이터 삼아 자신의 인생을 그럭저럭 꾸려나갈 수 있다는 말이다. "그동안 살아온 세월이 얼만데"하는 말을 자주 하지 않나. 이는 자신에 대한 데이터를 가지고 있다는 뜻이다.

내가 가진 나에 대한 데이터를 토대로 판단을 내려보건대 내가 돈을 많이 벌 운명은 아니라는 것은 확실하다. 일단 돈을 많이 벌어 본 경험이 없고, 돈에 대한 관심이 적다. 돈에 대해 공부도 하지 않는다. 경험이 없고 관심이 적으며 공부도 하지 않는데 어떻게 돈을 벌 수 있을까. 돈을 벌어 보려고 몇 번 애쓴 적이 있는데 스트레스가 너무 심했다. 물론 돈도 벌지 못했다. 돈을 벌기 위해서는 이토록 어마어마한 스트레스를 견뎌야 하는구나. 일찌감치 포기하고 손을 탁탁 털고 나왔다. 그 시간에 글 쓰는 것이 나에겐 훨씬 더 생산적이라는 것을 깨달았다.

"작가님, 말년에 커다란 '문창' 운이 들어와요"하고 그가 넌지시 웃으며 말했다.
"문창운이 뭡니까?"
"글을 많이 쓰게 되고 유명해진다는 말이죠."

이런, 내 꿈은 단 한 글자도 쓰지 않고 사는 것이다. 그 꿈을 이루기 위해 지금 매일매일 쓰고 있는 수고와 피곤함을 견디고 있다. 문창운 같은 것은 전혀 반갑지도 않고 바라던 일도 아니다. 나는 바다가 보이는 곳에서 베이글을 만들며 살고 싶다. 문득 슬라보예 지젝이 떠올랐다. "우리는 자신의 운명을 미리 알게 되고 그것을 피하려고 한다. 그런데 예정된 운명이 실행되는 것은 바로 그러한 도망침을 통해서다"하고 그는 말했다. 글을 쓰는 운명에서 도망가려 하는 나의 노력이 오히려 글을 쓰는 나의 운명을 실행하게 만드는 것일까.

나는 운명이라는 걸 믿지 않는다. 인생에는 성공도 실패도 없다는 것을 알게 된 후부터 그렇게 됐다. 각자에겐 각자의 인생이 있을 뿐이다. 어느 재벌 회장은 나보다 더 좋은 사주팔자를 타고 나서 더 좋은 인생을 살고 있고, 그는 나보다 더 행복할까? 글쎄, 나무가 쇠보다 더 좋은 것은 아니고 물이 흙보다 우월한 것은 아니다. 그저 각자의 속성과 그것들 간의 조화가 있을 뿐이지.

사주팔자는 참고서 같은 것이라고 생각한다. 생년일시와 나무와 쇠, 흙이 어울려 나를 이런 사람으로 만들었으니, 이를 알고 참고하며 인생을 잘 여행하면 된다. 중요한 건 인생에 대해 선입견을 갖지 않는 것이다. 지금까지 내 사주팔자를 몇 번 듣고 나서 느낀 건, 내가 가지고 있는 나에 대한 정보를 취합해 내가 내린 최선의 결론과 별반 다르지 않다는 것이다.

한 인간의 인생이 태어난 시간에 의해 결정된다고 하면 너무 잔혹하고 재미없다. 그보다는 우리의 인생이, 우리의 수많은 선택과 우연, 우리가 저지른 수많은 실수와 악행, 그리고 우리가 행한 수많은 선의와 배려의 정교한 조합으로 만들어지는 것이라고 여기면 더 훨씬 더 의미 있고 살아갈 의욕도 느낄 것이다. 내가 당신과 만나 사랑을 하고 여기까지 오게 된 건 수억 번의 선택과 우연이 합쳐진 것이다. 이를 운명이라고 퉁치면 나로선 조금 억울하다.

인생을 운명이라고 여기면 책임도 생겨나지 않는다. 만남은 운명이 아니라 서로의 선택이고 그래서 서로의

책임이기도 하다. 이것이 서로에게 최선을 다해야 하는
이유다.

　아침 일곱 시다. 레터를 다 쓰고 거울을 바라보고 있
다. 자기 운명을 긍정하고 사랑하는 한 인간의 얼굴이
거기 있다. 문창운이 들어와 글을 더 많이 쓰게 되고 더
유명해지는 건 중요하지 않다. 이제 그런 것에 연연할
나이는 아니다. 그걸로 내가 더 행복하고 의미있는 삶을
살고 있다고 느낀다면 그것으로 충분하다. 치약을 힘껏
눌러 짠다. 거울 너머에서 운명이라는 놈이 나를 빤히
바라보든 말든, 나는 출근 준비나 해야겠다.

그 '어쩌다 보니'가
기적인 것이어서

이렇게 말해도 될까. 시간이 흐르고 인생을 약간이나마 알게 될수록, 인생은 운과 우연이라는 것에 상당히 많이 영향을 받는다는 것을 깨닫게 된다. 지금 내 주변에 있는 사람 대부분을 우연으로 만났고, 지금 내가 가지고 있는 것 중 대부분은 우연으로 얻게 된 결과물이다. 인생은 생각보다 아주 시시한 일로 결정된다.

  내가 글을 쓰게 된 것은 고등학교 3학년 때, 독서실에서 우연히 본 어느 대학 국문과 대학생의 시 한 편 때문이다. A4 종이를 스테이플러로 찍어 만든 교내 동아리 문집에 실린 그의 시를 읽고 글을 써야겠다고 마음먹었다. (지금은 그의 시를 기억도 못 하지만.) 당시 자연반이었던 나는 학력고사 100일을 앞두고 고집을 부려 결국 문과반으로 옮겼고 국문과에 갔다. 여행 작가가 된 것도 우연이다. 출판 담당에서 레저 팀으로 발령을 받았기 때문이다. 간혹 강연할 때 "작가님은 여행을 좋아해서 여행 작가가 되기로 결심한 건가요?"하는 질문을 받을 때면 상당히 머쓱하다. 언젠가 밝혔다시피, 나는 '여행을 좋아하지 않는 여행 작가'이고 내 사주에는 역마살이 하나도 없다고 한다. 어쨌든 독서실에서 본 풋내기 대학생의 동아리 문집과 여행기자 발령이라는 아주 사소한 두 사건이 어울려 20년 넘는 세월 동안 나를 여행 작가로 살아가게 하고 있다.

우주에 관한 다큐멘터리를 보다가 울컥한 적이 있다. 우주를 경험하고 지구로 돌아온 우주인은 우리는 아주 작고 사소하고 우연한 사건으로 지구에 존재하는 것이며, 그것 자체가 기적이라고 약간은 울먹이며 말하고 있었다. 이제야 그 우주인의 말이 이해가 된다. 울먹이는 그 마음을 알 수 있다. 내가 당신을 어떻게 만나 사랑하게 됐는지, 어쩌다 여행을 시작하게 됐는지, 어떤 계기로 글을 쓰고 싶다는 마음을 가지게 됐는지, 사진을 찍어야겠다고 결심하게 됐는지를 자세히 설명할 수 없다. 예전엔 그 모든 이유가 명확했고 그걸 납득시키기 위해 애썼지만, 지금은 이 모든 것의 이유가 모호하고 흐릿하기만 하다. 그 시절 당신에게 열심히 설명했던 이유도 지금 생각해 보니 죄다 틀렸다. 지금은 이렇게 말한다. 어쩌다 보니 그렇게 됐어요. 그런데 그 '어쩌다 보니'가 바로 기적인 것이다. 광활한 우주 속에 지구라는 별에 살게 된 것, 수많은 사람 중에 당신을 만나게 된 것, 무수한 일 중에 글 쓰는 일을 선택하게 된 것…… 운과 우연의 무수한 조합이 지금의 인생을 만들었고, 사랑하고 쓰고 찍는 것이 지금 내가 해야 하는 일이기에, 내게 일어난 기적이기에 나는 그것을 하나씩 성실하게 용기를 가지고 해결해 나가는 중이다.

폭우가 대단하던 어느 날, 후배가 찾아왔다. 그는 커피잔 테두리를 빙빙 쓰다듬으며 이렇게 말했다. "이제 새로운 일을 할 거예요. 그 일이 내게 맞는지 어떨지 모르겠지만 일단 한 번 해보려고요." 이렇게 말하는 그의 눈에는 호기심과 용기가 가득했다. 나는 알고 있었다. 그는 내게 조언을 구하러 온 것이 아니라 응원을 받으러 왔다는 것을. 나는 후배를 향해 고개를 끄덕였다. 잘 될 거야. 그의 앞길에 좋은 운이 깃들기를, 멋진 우연 또는 기적이 함께 하기를.

　집으로 오는 길, 거짓말처럼 폭우는 그쳤고 나는 하늘
을 올려다보았다. 오늘도 누군가 저 먼 우주에서 우리를
내려다보고 있겠지. 먼지만 한 푸른 한 점을 바라보는
그의 마음이 글썽이고 있겠지. 바람의 방향이 살짝 바뀌
어 있었다. 장마가 끝나가고 있었다.

아무것도 아닌
삶이 되지 않도록

장마가 길다. 장마가 아니라 우기 같다. 어젯밤부터 내린 비는 새벽까지 이어지고 있다. 세월은 여전히 돌아갈 수 없는 방향으로 흐르고 있다. 글을 쓰지 않았다면, 여행을 하지 않았다면 나는 지금 무엇을 하고 있을까. 어떤 삶을 살고 있을까. 어제도 누가 물었다.

___ 매일 매일 쓰는 게 힘들지 않아요?

___ 힘들고 지겹습니다. 그것도 아주 많이 그렇습니다.

　어느 날, 이 일을 한 것을 후회한 적이 있다. 문득 정신을 차리고 보니 눈앞에 황량한 풍경이 펼쳐지고 있었던 것이다. 뒤돌아보니 아무것도 없었다. 지나온 길에는 흙먼지만 가득했다. 너무 늦게 알아챈 것이 아닐까 하는 후회감이 밀려왔다. 인생은 귓가에 다가와 이렇게 속삭이며 조롱하고 있었다. 지금까지 아무것도 아닌 삶을 살았어.

　후회의 그날에서 제법 시간이 흘러 이젠 조금 괜찮아졌다. '옛날로 돌아간다면 나는 다른 삶을 살 거야'하며 창밖을 바라보는 일 같은 건 하지 않는다. 다시 돌아가 봐야 아무것도 바꿀 수 없으며, 그다지 바뀔 것도 없다는 것을 알기 때문이다. 삼십 년 전으로 되돌아간다고 해도, 나는 여전히 도서관에 틀어박혀 문예지의 시를 필사하고 있을 것이고 누군가의 연인이 되기 위해 안간힘을 쓰고 있을 것이다. 그렇게 하루하루 살아내며 오늘에 당도해 지금 이 글을 쓰고 있을 것이다.

생을 찬탄하고 긍정하고 싶지는 않다. 하루하루 버티고 하루하루 살아내고 있다. 해야 할 일을 성실하게 해나가다 보면 나쁘지 않은 삶을 살아갈 수 있다고 믿고 있다. 비의 날이 있고 해의 날이 있는데, 비가 올 때는 비를, 맑은 날에는 해를 겪을 뿐이다. 이만큼 살아보고 나서 깨달은 것이다. 청춘은 돌아갈 수 없기에 아름다운 것이고, 지나간 시간은 단지 지나가서 그리운 것이라는 것을. 후회는 아무런 도움이 되지 않는다.

빗소리는 점점 짙어지고 오늘도 나는 글을 쓰고 있다.

절망과 좌절, 외로움과 공포가 거기엔 없다. 거기엔 '아무것도 아닌 삶이 아니라는 것'을 증명하기 위한 노력과 분투가 있을 뿐이다. 내가 필사적으로 일어나 글을 쓰는 이유다.

아무것도 아닌 것들이 모이고 모여도 결국 아무것도 아닌 것일까, 아니면 뭐라도 될까. 끝까지 가보면 알겠지.

좋아서
그냥 좋아서

어느 집 담벼락, 목련이 피었는데, 봄바람에 흔들리는 환한 목련꽃을 보고 있으니 좋아서, 그냥 좋아서, 그 아래를 왔다 갔다 몇 번 거닐었다.

햇빛은 목련꽃을 통과해 내 어깨와 손등 위에 어룽댔다.

좋아진 기분으로 마트에서 도토리묵과 산수유 막걸리 한 병을 사서 오는데 기분이 더 좋았다.

봄은 좋다. 이유 없이 그냥 좋다.

집에 와서 묵을 썰고 달래를 넣은 간장을 만들었다.

진주에서 사 온 작은 막사발에 산수유 막걸리를 부었다. 연분홍색 막걸리가 넘칠 듯 말듯 찰랑거렸는데, 막걸리는 막사발의 마음처럼 보였다.

어느새 해는 길어져서, 저녁인데도 어둑하지 않아서, 멀리 농구장에서 아이들이 공을 튀기는 소리가 창틱까지 울려왔다.

막걸리 한 모금을 마시고 묵 한 점을 먹고 창문 너머 먼 곳을 바라보며 목련꽃을 떠올렸다.

흔들리는 목련꽃 사이로 참 많은 풍경이 언뜻언뜻 보였는데, 자박거리는 서해의 밀물 소리도 희미하게 들렸고, 히말라야 설산을 바라보던 몇해 전의 내 먼 시선도 떠올랐다.

언젠가 내 손에 쥐어졌던 작고 보드랍던 손바닥도 기억이 났다.

그 기억들은 어디에 숨어있다가 이런 봄이면 인기척을 내는가.

누군가 꼭 일부러 방문을 밀어 보는 것처럼 말이다.

보다가 보다가 좋아져서 가지려 할 때가 있었다. 그래서 수단을 강구하고 방법을 써서 억지로 가진 것도 있었다.

가져서 좋았지만 내 것이 아니었다. 곧 시들거나 얼마 머물지 않고 떠나갔다. 내 마음만 괜히 허전했다.

지금도 가지고 싶었던 그 간절함, 아웅다웅했던 그 마음만을 기억할 뿐인데, 봄이 와서 목련이 피거나 벚꽃이 질 때면 그 마음이 불현듯 생각나는 것이다. 아니, 그 마음을 가졌던 날들이 떠오르는 것이다.

우리가 가졌던 어떤 마음은 결코 사라지지 않고, 그 마음이 처음 놓였던 그 자리에 그대로 남아 있거든.

우리가 옛날로 돌아가고 싶은 까닭은, 그 마음이 그립기 때문이거든.

목련은 곧 우리를 지나 더 북쪽으로 걸어갈 것이다.

목련이 지나간 자리, 나는 우두커니 서 있겠지만 그래도 봄이라는 눈부신 장소의 한가운데 서 있었으니 그것만으로 기뻤다.

산수유 막걸리를 앞에 두고, 내가 가졌던 어느 마음의 자리를 더듬는 봄 저녁. 언젠가 당신의 둥근 복사뼈를 만지던 봄 저녁이 떠올라 남은 막걸리를 따르다 만다.

복사뼈를 만지던 나를 바라보던 당신에게 "좋아서, 그냥 좋아서"라고 말했던 그 먼 먼 저녁 말이다.

내게
전부인 하나

당신을 사랑하기 위해 지나온 세월이다.
　이제 겨우 당신 앞에 섰지만
　그 길의 처음으로 돌아가 모든 걸 다시 시작하라고 한
다면
　기꺼이 그날의 새벽으로 돌아가
　당신을 향해 떠나는 어두운 문을 열 것이다.

　나에게 전부인 하나.
　그 하나를 지키기 위해 그 하나를 제외한 전부를
　포기할 수도 있다는 것.

종소리가 울려 퍼지는
노을 속에 서서

조금만 더 일찍 시작했더라면······ 이런 후회를 한 적이 있지만, 지금은 그러질 않습니다. 조금 더 일찍 시작했더라도 삶이 그다지 달라지지는 않았을 것이라는 걸 알기 때문이죠. 지금도 어제의 잘못을 똑같이 저지르고 있으니까요.

내일에 대해서는 아무것도 아는 것이 없습니다. 그러니까 오늘 최선을 다하는 수밖에 없네요. 오늘이 내 삶의 전부라고 생각하며 노을 앞에 섭니다.

여전히 많이 부족한 사람입니다. 그래도 지금보다 더 모르고 엉망이었을 때, 많은 기회가 주어졌고, 많은 이들이 잘할 수 있도록 기다려 주었습니다. 그들이 건넨 따뜻한 응원과 지혜로운 조언 덕분에 이만큼 성장할 수 있었습니다. 다른 사람들은 제가 노력하는 것보다 더 노력하고 있다는 걸 알게 됐죠. 그래서 예의를 지키기 위해, 페어플레이하려고 노력하고 있습니다.

인생이란 언제, 어디에서, 어떤 일이 벌어질지 모르는 것이죠. 이것이 바로 우리가 끝까지 가봐야 하는 이유라고 생각합니다. 페어플레이를 한다면, 우리가 인생의 끝에 다다랐을 때 조금이나 후회를 덜 할 수 있지 않을까요.

어릴 적에는 가끔 종소리를 들었던 것 같습니다. 들판에서, 골짜기에서, 마을 골목에서, 어디선가 종소리가 울려 퍼졌고, 그 종소리를 들으며 집으로 돌아갔던 기억이 있습니다. 종소리가 들릴 때면 가던 길을 잠깐씩 멈추어 서서는 먼 하늘을 바라보았죠. 어떤 아득함을 가진 눈동자가 나를 바라보고 있는 듯한 기분이 들었거든요.

보이지 않는 이여, 후회와 미련을 묻어 줄 종소리를 보내 주세요.

슬퍼하고 있었구나,
그건 아주 힘든 일이지

늦은 밤, 천둥과 번개가 친다. 하늘이 요란하다.

내가 사는 곳은 4층인데, 더 높이 올라가 14층에 가면 천둥과 번개를 더 가까이에서 볼 수 있을까.

매일 새벽, 글을 쓸 때는 천둥과 번개 아래 쪼그려 앉은 기분이다. 내 지난날의 슬픔과 질투와 분노가 번쩍하고 환해진다.

나는 고개를 돌려 피하지 못하고 그것을 볼 수밖에 없다.

어릴 때는 천둥과 번개가 무서웠는데, 이제는 무서울 일이 없다. 내가 지나온 길, 그 위에 던져 놓은 죄의 이름을 속속들이 알기 때문이다.

천둥과 번개가 물러갔다. 그래도 빗소리는 요란하고 시끄러워서 나는 아직 겸허의 자세로 앉아 있다.

이 자세로 앉아 있다 보면 새벽이 올 것이고, 별이 뜰 것이다.

시간이 흘러 몸이 늙고 병을 가지게 되면 발견하게 되는 것이 있다. 물리고 싶은 일은 많지만 물릴 수 있는 일은 없다는 것이다. 그건 시간의 일이니까.

비가 그치고 나면 별이 어제 돋았던 같은 자리에 또 뜬다는 것도 알게 된다. 그 별을 누구는 후회라고 하고, 누구는 그리움이라고 부른다.

오늘도 별은 같은 자리에 떴다.

나는 죄의 자리에 서 있다가, 겸허의 자세로 앉아 있다가, 후회와 그리움의 방향을 바라보며 다시 서 있다.

사랑은 답이 없고 그저 사랑일 뿐이구나.

아무것도 하지 않았던 게 아니라 슬퍼하고 있었던 거구나. 그런데 그건 아주 힘든 일이었지.

천둥과 번개가 물러간 아침, 별은 떠서 눈동자처럼 떨며 나를 내려다보고 있다.

어느 훗날
분홍빛 저녁 앞에서

작고한 올리버 색스는 2015년 2월 19일 자 『뉴욕 타임
스』에 기고한 칼럼 「나의 인생My Own Life」에서 이렇게
썼다.

"이것이 내 삶의 끝은 아니다. 오히려 반대로 나는 그
어느 때보다 살아 있음을 강하게 느낀다. 내게 주어진
시간에 우정을 더욱 깊게 하고, 사랑하는 이들과 작별
인사를 나누고, 글을 더 많이 쓰고, 힘닿는 대로 여행도
하고, 새로운 수준의 이해와 통찰을 성취하련다."

평생 다른 이를 치료하면서 살아온 노 의사. '의학계
의 문인'으로 불리는 미국의 신경학 전문의. 어느 날 그
는 남은 날이 얼마 없다는 사실을 알았다. 그는 칼럼에
서 "내 운은 다했다. 몇 주 전 암이 간으로 전이된 것을
알았다. (······) 암이 확산되는 것을 늦출 수는 있을지라
도 결코 멈추게 할 수는 없다"라고 썼다.

봄비가 내리는 어느 날, 카페에 앉아 그의 글을 읽고

또 읽는다. 봄은 벚꽃의 개화와 함께 느닷없이 오고, 벚꽃의 낙화와 함께 별안간 사라질 것이다. 우리는 또 한 계절이 지나가는 것을 지켜보고, 우리는 서로가 늙어가는 것을 속수무책으로 바라본다. 매일 저녁 세월이 하루만큼 흘러갔다는 사실을 서운해하며 술을 마신다.

돌이켜보니 지금까지 살아온 인생이 나빴던 것만은 아니다. 십 대 시절보다는 이십 대가, 이십 대 시절보다는 삼십 대가 나았다. 그리고 지금이, 과거 어느 때보다 낫다. 그 시절로 다시 돌아가고 싶은 마음 같은 건 없다. 내가 여든 살이 되더라도 이런 마음일 거라는 자신은 없지만, 그래도 그때보다는 지금이 낫다.

죽음을 몇 달 앞둔 여든한 살의 테라스에서, 최선을 다하지 못했다는 자책 같은 건 들지 않을 것 같다. 다시 돌아가 봐야 최선을 다하지 않으리라는 걸, 최선을 다해봐야 그다지 바뀌는 것이 없다는 걸 그때쯤이면 알고 있을 테니까. 다만 즐기지 못한 것이 아쉽고 더 많이 사

랑하지 못했다는 사실에 가슴이 아플 것이다. 즐거움과
사랑은 우리가 인생을 살아가는 가장 큰 이유인데 많은
이들이 이 사실을 놓치고 있다. 나도 마찬가지다.

올리버 색스는 "우리가 세상을 떠나면 우리와 같은
사람은 아무도 없다. 그 어떤 다른 사람도 결코 나와 같
을 수 없다. 사람이 죽으면 그 사람을 대체할 수 있는 것
은 없다. 세상을 떠나는 사람들은 결코 채울 수 없는 구
멍을 하나씩 남긴다"라고 말했다. 그런데 왜, 우리는 왜,
그 사람과 즐겁게 사랑하지 않는 것일까.

어느새 비가 그쳤다. 그 틈을 타 저녁이 왔다. 서쪽 하
늘이 복숭앗빛으로 물들어 가고 있다. 노을 지는 창가
에 나는 가책 받은 얼굴로 앉아 있다. 빠르게 움직이는
구름들, 멀리서 들려오는 새소리. 오늘 저녁부터 즐겁고
사랑하는 일에 집중해 보자. 내가 할 수 없는 일은 다른
사람에게 맡기고, 내가 잘할 수 있는 일에 조금 더 힘을
써보자. 어느 훗날의 분홍빛 저녁 앞에서 나도 이렇게

말할 수 있다면 좋겠다.

"무엇보다 이 아름다운 행성, 지구에서 지각력을 갖춘 존재였고 생각하는 동물로 한평생을 살았으니, 그 사실 자체만으로 나는 대단한 특혜를 누리고 모험을 즐겼다."

뭔가를
두고 왔다는 기분

강진 답사 다녀와서 사무실에 일찍 출근해 밀린 일 몇 가지를 처리하고 집으로 와 낮잠을 잤다. 강진의 산과 들은 연두와 초록의 중간에 머물고 있었다.

낮잠 자고 일어나니 오후 늦은 시간이었다. 이메일을 보내야 할 게 있었지만 노트북을 켜지 않았다. 대신 도서관까지 산책 삼아 걸어 가 책 한 권을 빌렸다. 어느 일본 작가가 쓴 여행 에세이였다. 여행 에세이를 읽는 건 아주 오랜만의 일이다. 도서관 사서가 웃으며 아는 척을 했다. 오랜만에 오셨네요. 네. 빌리고 싶은 책이 더 있었지만 빌리지 않았다. 책 한 권을 손에 들고 걷는 그 느낌이 나를 기분 좋게 만들기 때문이다.

도서관 건너편 초밥집에 가서 초밥 한 접시와 생맥주 한 잔을 주문했다. 초밥을 먹는 속도에 맞춰 맥주를 천천히 마셨다. 초밥집을 나와 집으로 가는 길, 해가 서쪽으로 기울고 있었다. 연한 분홍빛의 하늘을 바라보며, 오늘은 내가 하고 싶지 않은 일을 하나도 하지 않은 날이었다고 생각했다. 누군가 인생이 행복하니? 하고 물으면 응, 하고 가볍게 대답할 수 있을 것 같았다. 인생이 불행하니? 하고 물으면 글쎄, 하고 슬그머니 웃음 지을 수 있을 것 같았다. 젊었을 때 나는 왜 그토록 비장했던 것일까. 생의 의미 같은 걸 발견하려 애썼던 것일까.

다시 돌아간다면 그 시절의 나에게 이렇게 말해주고 싶다.
___ 영원한 게 어디 있냐, 이렇게 생각하면 생이 한결 쉽단다.
___ 잊지 않을게요. 거짓말, 잊는 게 가장 쉽단다.
___ 인생에는 세 번의 기회가 온다. 하지만 더 많은 실패가 온단다.

집 앞 하늘, 해가 야위어 가는 전신주 근처, 별이 몇 개 떴다. 그리운 얼굴이 하나도 없는 나는 모과처럼 어리둥절한 표정으로 서쪽 방향을 바라보며 있었다. 거기에 뭔가를 두고 왔다는 기분이 들었기 때문이다. 무엇일까, 무엇일까, 내가 두고 온 그것은 무엇일까. 그것이 분명 걱정은 아닌데, 그렇다고 슬픔도 아닌데…… 내가 두고 온, 별처럼 떨고 있는 그것은 무엇일까.

짙어진 그림자는 다시 희미해지고 있었는데, 나는 두고 온 그게 무엇인지 몰라 마음 반 뼘이 막막하고 아득했다.

귓전에
밀물지는 이름이 있어

새벽녘 태안에 왔다. 세 시간을 달려 도착한 신두리 해안엔 해무가 자욱했다.

안개를 지나 사구 쪽으로 걸어갔다.

사구 너머에서 바람이 불어왔고, 바다 쪽으로 모래가 날렸다.

신두리에서 나와 백리포, 천리포, 만리포를 차례로 지났다.

어은돌과 파도리, 달산포, 곰섬, 밧개, 꽃지, 샛별, 운여를 지나와 지금은 바람아래라는 해변이다.

이렇게 예쁜 이름들이라니. 어은돌과 꽃지라니, 바람아래라니.

우리 이름도 옛날엔 이처럼 예뻤을 것이다.

근심 없이 해맑고 아름다웠을 것이다.

살아오며 그 이름에 세월이 묻고 죄가 더하고 책임이 새겨지다 보니, 우리가 가진 이름은 오래전 빛바래졌고, 지금은 부르기조차 얼마나 애달픈가.

오늘 하루 이곳에서 묵어가기로 한다. 날이 맑아 노을
이 더없이 붉을 것 같으니까.

다행히 하루쯤 무턱대고 노을 속에 몸을 누인다고 크
게 잘못될 것이 없는 삶이다.

오늘은 노을 아래에서 맨발로 해변을 걸으며 옛날 이
름들을 불러 보려고 그런다. 어은돌과 파도리와 밧개 같
은 이름들.

"○○아, 밥 먹고 놀아"하고 부르던, 담 너머 목소리가
귓전에 밀물지고, 그 이름들이 수평선에 흔들린다.

어디까지 왔나, 고개를 들어 보니 어느새 노을 앞이다.

우리에겐 참 많은 일이 일어났구나.

인생에서 다시 돌아갈 수 있는 어제는 없지만, 손에
꼭 쥐고 놓고 싶지 않은 이름은 있으니 그나마 다행인
것인가.

오늘은 서쪽에 뺨을 내준다.

서로가
서로에게

사랑은 함께 행복한 것이 아니라 불행을 온전히 같이
견디는 것이라고 믿던 시절이 있었다.

　이젠 그 시절에서 멀리 왔다.

　은유와 비유와 상징을 내던지고 영천 모고헌 가는 길
에 만난 저 작약처럼 선명하고 명료한 사랑의 말만을
해야겠다고 다짐하는 봄 오후.

　서로가 서로에게 인생의 모든 것이 되지 않기를.

나는
여전히 모자란 인간이지만

스무 살 무렵, 시를 쓰고 싶었다. 오직 시를 쓰고 싶다는
열망 하나로만 이십 대를 지나온 것 같다. 도서관에서
하루 종일 시를 읽었고 마음에 드는 시를 노트에 베꼈
다. 늦은 밤 어두운 골목길, 낮에 외운 시를 웅얼거리며
집으로 돌아오곤 했다.

서른 살 무렵, 여행을 다니고 싶었고 사진을 잘 찍고
싶었다. 그 욕심으로 십 년을 살았다. 여행을 다니고 전
시회를 다니고 마구잡이로 셔터를 눌러댔다. 집으로 돌
아와 찍은 사진들을 보며 절망하기도 하고 날아갈 듯
기분이 좋기도 했다.

사십 대에는 뭘 했나. 정신없이 지나온 것 같다. 허리
가 자주 접히던 시절이었다. 새벽에 먼 하늘을 보며 서
있는 날이 많았다. 그리고 오늘은 바다가 보이는 카페에
있다. 비에 젖는 바다를 보며 당근 케이크를 잘라 먹으
며 프랑스 작가의 소설을 읽고 있다. 멀리, 수평선 끝에
서 파도가 지루하다는 듯이 밀려온다.

여행을 하고 시를 쓰고 틈틈이 음악을 듣다 보니 인생이 훌쩍 가버렸구만. 하얗게 부서지는 파도를 바라보며 생각한다. 시도, 여행도, 사진도 지나고 보니 아무것도 아니구만. 다만 써야 할 것과 가야 할 곳이 있을 뿐이지.

나는 여전히 모자란 인간이지만 그나마 다행인 것은 여행을 하면서, 글을 쓰면서 인생을 조금씩 알아가고 있다는 것이다. 가령, 약점이 아름답다는 것. 누구나 자신이 지닌 약점이 자신의 가장 아름다운 부분이라는 것. 약하고 여린 그것을 소중히 다뤄야 한다는 것. 내게는 여행과 시 같은, 비 오는 바다의 오늘 같은.

쓰고 가다 보면 맑은 바다 앞의 어느 날에 도착해 내 약점을 온전히 사랑해 주는 당신을 만나게 되지 않을까.

함덕에서
보낸 사흘

제주 함덕에서 보낸 사흘 동안, 글을 썼다. 일을 했다. 아침 여덟 시면 숙소 근처 바다가 보이는 카페로 가 노트북을 열었다. 지난주 다녀온 강진에 관한 여행 원고를 썼고, 3월에 여행한 후쿠오카의 이자카야에 관한 글을 썼다. 그리고 매일 새벽마다 레터를 보냈다.

글을 쓰다 가끔 고개를 들면 바다에는 여전히 비가 내리고 있었다. 해변에는 우산을 쓴 사람들이 바다를 바라보며 서 있었다. 나는 뻣뻣해진 목을 돌리고, 왼팔로 쇠약해진 오른쪽 어깨를 주물렀다. 빗방울이 묻은 창밖을 보고 있으면, 노를 잃어버린 배 위에 걸터앉아 물살의 흐름만 어쩔 수 없이 바라보고 있는 듯한 느낌이 들었다. 하염없었다.

써야 할 원고를 다 쓰고는 샌드위치를 먹거나 국수를 먹었고 해변을 산책했다. 비는 계속해 내렸지만, 그렇다고 우산을 쓸 정도는 아니었다. 비는 내 얼굴에 빗금을 몇 개를 황급히 긋고는 사라졌다.

바다 끝 일렁이는 수평선 위에는 짙은 먹구름이 떠 있
었는데, 그것은 어떤 얼굴처럼 보였다. 그 먹구름 아래
에서 나는 어떤 존재가 나를 읽고 있다는 생각을 문득
문득 하기도 했다. 나는 아무렇게나 펼쳐진 책이 아닐
까. 술과 여행에 관한 글을 쓰고 살지만 술과 여행이 이
제는 지겨워진 어떤 삶에 관한 책. 그 얼굴은 어떻게 말
해야 할지 모르겠다는 표정으로 나를 바라보며 떠 있었
는데……

해변 옆으로 난 길을 따라 걷다 보면 슬그머니 저녁이
되었고, 상가에 하나둘씩 불이 켜졌다. 내가 탄 배는 흘
러, 흘러가 어느 기슭에 닿을 것인가. 기다란 장대를 가
진 노인이 기슭에서 기다리고 있다가 기슭에 닿으려는
순간, 내가 탄 배를 다시 물살 속으로 힘껏 밀어 넣지는
않을까.

숙소로 돌아가는 길, 후배가 메시지를 보내왔다. 오늘
글 잘 읽었어요. '고마워'라고 짧게 답장을 보냈지만 어

제 어떤 글을 썼는지 정확히 기억나지 않았다. 그런데 말이야, 글을 잘 쓴다는 건, 그림을 잘 그린다는 건, 돈을 많이 번다는 건, 좋은 인생을 사는 것과는 아무런 상관이 없는 일이란다. 우리에겐 그것보다 훨씬 더 중요한 일이 있거든.

함덕에서 보낸 사흘, 여행과 일을 오가는 동안 비는 계속해서 내렸고, 파도는 어제와 똑같은 포즈로 밀려왔다. 장대를 든 노인은 깜빡 잠이 들고, 어느 날 운 좋게 닿은 강기슭에는 조그만 술집 하나가 있어 따뜻한 술 한잔 마실 수 있다면 좋으련만, 그거면 충분하련만. 내일 돌아가는구나. 나는 빗금이 그어진 얼굴로 점멸하는 술집 간판 아래를 오래도록 서성였다.

이젠

돌아오지 않을 마음이 되어서

산다는 건 점점 고독해지는 일이죠
  일이 많을 땐 하나씩
  복수한다고 상처가 아무는 건 아니더라고요

  빗소리는 짙어집니다
  외로움의 끝에는 수백 개의 빗소리가 창처럼 날카롭
게 서 있죠
  복수하는 이유는 외롭기 때문이 아닐까 싶습니다만

  유리창에 비친 내 얼굴이 뿌옇네요
  크리스마스가 얼마나 남았을까,
  크리스마스는 이해의 문제가 아니라 의지의 문제라
는 걸
  살면서 알게 되었습니다
  약점은 고치는 게 아니라 잘 감추는 것이라는 걸
  살면서 알게 되었습니다, 하지만 그러고 싶진 않군요

  당신을 사랑하던 마음으로 살지는 않을 겁니다

당신을 잊으려는 자세로 살아가려고요
웃고 싶은 건 아니지만
울면서 나아가고 싶은 건 아니라는 겁니다

여기는 두부를 놓고 사케를 마시는 어두운 밤입니다
당신을 지나와 다행히 저는 아직 남겨졌습니다
사케 한 모금에 두부 한 젓가락,
착실한 인생 끝에 새벽이 온다고 하지만
착실함과 고단함은 같은 말이라는 것도 이제는 알고
있습니다

이제 압니다
이해한 자들이 먼저 뒤돌아선다는 것을요
조용히 뒤돌아서 간다는 것을요
찾아오지 못하도록 지평선마저 꼭꼭 숨겨버린다는 것
을요

새벽에는 강변을 따라 자전거를 달리려고 합니다

모든 날들에서 멀어지고 싶어 힘껏 페달을 밟으려고
합니다 (사실은 모두가 울고 있잖아요, 안 그런 척하면서)

어느 날 지평선의 흔적만이 출렁이며 남아 있다면

다시는 돌아오지 않을 마음이 되었다는 걸 알아주세요

사랑하기에 늦은 시간은 없다

초판 1쇄 발행 2023년 11월 17일

지은이. 최갑수

펴낸이. 최갑수
디자인. 강경신

펴낸곳. 얼론북
출판등록. 2022년 2월 22일(251002022000026)
주소. 경기도 파주시 회동길 145 아시아출판문화정보센터
전자우편. alonebook0222@gmail.com
전화. 010-8775-0536
팩스. 031-8057-6703
인스타그램. @alone_around_creative

ISBN 979-11-983751-0 (03810)
값 18,800원